小学館文庫

えんま様のもっと!忙しい49日間

新宿発地獄行き

霜月りつ

小学館

CONTENTS

more busy 49 days
of Mr.Enma
Written by Ritu Shimotuki

第一話

えんま様、新宿に居を構える

more busy 49 days
of Mr.Enma

序

「おいこら、こんなところで寝てんじゃねえよ」

青年は乱暴に男を揺り動かした。

場所は人通りの絶えない新宿駅の構内。男は何着もの服を重ね着して、片隅で寝こんでいた。からだの下には段ボールを敷き、頭は箱形にした段ボールの中に突っ込んでいる。路上生活者、今はホームレス、と呼ぶ方が一般的だろう。

「ほっといてくれよぉ……腹が減って動けねえんだ。からだもあちこち痛いし、咳《せき》もとまらなくて寒くて……」

男は服でできたミノムシのように首をすくめて中に潜り込もうとする。その首を捕まえて青年は自分の方へ向けさせた。

「おまえがそう思っているだけだ。腹なんかすいてない。からだの痛みももうない。咳だってしてしてないだろう?」

「ええ?」

髭《ひげ》だらけの中年の男はしょぼしょぼとした目を開けて、青年を見つめる。

黒いカットソーに黒のデニム、スニーカーも黒。まるで真夏のアスファルトに落ちる黒い影のようだ。くせッ毛の前髪の下から強い光を宿す目が男を見返す。

「もう、夜の物音にびくびくしなくてもいい。誰かに蹴られるんじゃないか、殴られるんじゃないかと怯《おび》えなくてもいい。なにより、明日も同じ日を過ごすことに絶望しなくてもいいんだ。おまえが気づきさえすればな」

畳みかけるように言う青年に、男はうろたえる。そうだ、毎日夜が怖かった。突然の暴力もそうだが、寝て起きて、再び「今日」が始まるのが一番怖かった。

「気づく？　……なにに……気づくっていうんだ」

食料と小銭を求めて町をうろつき、疲れ果てて眠る。その繰り返し。

仲間たちの中にはそれで十分と思うものや、支援を受けて立ち直るものもいる。だが男はそのどちらも辛《つら》くて怖かった。

「うすうすはわかっていたはずだろう？」

青年のまなざしが少しだけ優しくなる。

「おまえがもう死んでいるってことを」

「死んでる……？」

男は青年に手を引かれるまま立ち上がった。

「周りを見てみろ。今は夏だしおまえの仲間はもう誰もいない。新宿駅はおまえたちのねぐらじゃなくなってずいぶん経《た》つんだ」

「そんな……」

青年は男のからだをパンパンと軽く叩《たた》く。

「どうだ？　からだが軽いだろう？　背中も温かいだろう？」

「ああ……ほんとだ。あったかいな……」

男のからだから着こんでいた服が消えてゆく。ひげもパラパラと抜け落ちていった。脂と埃《ほこり》で固まっていた髪が柔らかくほどけ、垢《あか》じみたからだが洗い流されたようにきれいになれば、案外若い顔が現れた。

「さっぱりしたじゃないか。その姿ならおまえの母親もおまえだとわかるだろう」

「おふくろ……おふくろがいるのか？」

「ああ、心配して迎えにきているよ」

男は背後を振り返った。白い光が目を眩《くら》ませたが、その光の中に誰かの姿を見たのか、唇に微笑《ほほえ》みが浮かんだ。

「ほんとだ……おふくろだ……かあちゃんだ……」

「さあ、行けよ。またあとで会おう」

「うん、おれ、かえんなきゃ。ありがとう」

男の口調が幼いものに変わる。嬉《うれ》し気《げ》に手を振って、彼の姿は光の中に消えた。それを見送っていた青年の耳にパンパンと手を叩く音が聞こえてきた。

「お見事です、エンマさま。ああ、こちらでは大央炎真《だいおうえんま》さんでござんしたな。さっそく一仕事とは、吉祥寺の地蔵に聞いておりましたがずいぶんと働き者でいらっしゃる」

振り返るとすらりとした長身の青年が立っている。白っぽい紬《つむぎ》のひとえに太子間道《たいしかんどう》模様の紺の帯。さらりとした長髪を後ろでひとつに結んでいた。

「おまえが来るのが遅いからうっかり迷ってる亡者を見つけちまったんじゃねえか、地蔵《じぞう》。大体、こういうのは俺の仕事じゃねえ」

炎真と呼ばれた青年は、今まで男が眠っていた場所を指さした。もちろん今は誰もいはしない。

「俺は今も休暇中なんだ。前はなんやかんやと吉祥寺の地蔵にこき使われたが、今回はもうなにもしないからな！　食べそびれた東京の菓子を喰《く》いつくしてやる！」

炎真はうおーっと両手をあげる。すれ違う人間たちは田舎から出てきた青年が都会ではしゃいでいるのだとでも思うかもしれない。

しかし彼の正体は地獄の王、閻魔《えんま》大王。四九日の休暇を消化して地獄へ帰ったはずなのだが、なぜかここ東京の副都心、新宿で二度目の休暇に入ることになった。

「こんなに早くお戻りになるとは思ってもございませんでした」

新宿駅東口からロータリーに沿って、すいすいと人を避《よ》けて歩きながら、地蔵が言った。

「俺だってそうだ」

答える炎真は高層ビルで切り取られた空を見上げる。梅雨空の湿った空気の中、ビルの群れは重そうな雲を支えているかのようだ。手前に視線をやれば、川のように人々が流れてゆく。

「ご面倒おかけして申し訳ありません、地蔵さま。なにせ地獄に戻ったら、大王のからだがまだ検査中でしたからね。こちらもびっくりですよ」

言い訳するように言う青年の名は小野篁《おののたかむら》。炎真と一緒に新宿駅で地蔵を待っていたが、目の前に盲導犬のゴールデンレトリーバーが現れたため、そのふさふさとした尻尾に惹《ひ》かれて東口出口までついていってしまった。炎真が亡者を彼岸《ひがん》に送ったのはその間のことだ。

篁は平安時代生まれの元人間で、今は地獄で炎真の秘書をしている。無類の犬好きで、犬に関わることだと人格さえ変わってしまう。

ラフな格好の炎真と違い、スーツにネクタイを締めているが、長い前髪をあげるためにカチューシャをつけていた。その姿は、場所が場所だけにホストめいている。地蔵もそう思ったのか、

「あなたの服装は変えた方がよろしいかと、篁さん」と苦笑する。

「え？　変ですか？」

篁は自分のスーツの裾をひっぱったり、ネクタイをいじったりした。

「変ではござんせん。けれど場所がらに似合いすぎているんですよ。面倒に巻き込まれないようにもう少しラフな格好をおすすめします」

「そうなんですか？　スーツってぴしっと体を締め付ける感じでけっこう気に入っているのですが」

「場所がらって言えば、おまえは吉祥寺の地蔵とまるで同じだな。少しは地域性ってものを出しゃいいんじゃねえか？」

炎真は地蔵の背中をじろじろと見ながら無遠慮に言った。

「そうですねえ」

地蔵は右手で髪に触れた。

「私もせっかく新宿にいるんだから、と少しは流行《はや》りに乗ってみたこともござんすよ。髪を染めたりシャギーをいれたり。洋装にも挑戦してみたんですが、けれどやっぱり

この格好が落ち着きますねえ」

つん、と袖口を引っ張って、地蔵はひとえの着物のたもとを振る。

「お似合いですからいいじゃないですか。僕もそのお姿の地蔵さまがほっとします」

篁が言うと、地蔵は「ありがとうございます」とにこやかに微笑みを返した。

「そうそう、炎真さんにも着る物をご用意しますよ。今回も四九日でよろしゅうござんすか？」

地蔵は黒いカットソーにブラックジーンズのラフな格好の炎真を見て言った。

「たぶんな。丸一日かかるって言ってたから」

「地獄の一日は現世では四九日でござんすからねえ。でもよかったじゃないですか、まだまだこちらで食べたいお菓子がおありだったんでござんしょう？」

地蔵の言葉に炎真はニカッと白い歯を見せた。

一

閻魔大王とその秘書の小野篁が、四九日間の休暇を終えて地獄へ戻ったとき、トラブルが起きた。

閻魔大王は現世に行くとき、現世用の器を用意し、その中に魂を入れる。その間、空になっている体を地獄病院の検査に回したのだが、思ったより酷使されていて緊急入院となってしまった。

通常は一日休めば回復するのだが、今回はそうはならなかった。さらにもう一日精密検査が必要ということで、それなら現世で待つ、と閻魔は篁を連れて戻ってきてしまった。

「いきなり戻ってらっしゃるから、用意できたのが新宿だけだったんでござんすよ。ベッドやソファは運んでありますからとりあえずは落ち着けると思います。ただ吉祥寺のときのような食事の用意はご勘弁を。私もいろいろ忙しくて。お金をお渡ししますので適当に召し上がってください。ゴールデン街が近くですから食事には不自由はないと思いますが」

地蔵が後ろの二人を振り向いた。

地獄で亡者を救う地蔵菩薩《ぼさつ》は、現世では辻《つじ》を護《まも》るものとしてあちこちの道に祀《まつ》られている。現世ではそのネットワークを活《い》かして不動産業を営んでいた。吉祥寺の地蔵とは、顔も口調も同じだが別人になる。

三人は歌舞伎町方面へ向かって歩いていた。

「助かります、地蔵さま。地獄から戻るときの手続きのせいでもう一か月経ってしまっていたとは思いませんでした」

「そもそも俺は閻魔だぜ？　地獄に王は一〇人いるが、閻魔と言えば俺一人だ。なのにどうして地獄をでるときに身分証明や本人確認が必要なんだよ。俺が閻魔だと言えば閻魔だろうが。まったくどうなってるんだ」

いきなり不満を言い出した炎真に篁はうんざりした顔をする。

「またその話を蒸し返すんですか？　仕方ないでしょう、そういう決まりなんですから。僕からしたら身分証を現世で失《な》くしたっていうエンマさまの方がどうなってるんだ、ですよ」

「身分証を紛失ですって？　まさか」

地蔵が驚いた顔で聞き返す。

「そうなんですよ。しかもそれをつけていた財布ごと！　地獄へ戻る前にどうしてもってコンビニに寄ったときだと思うんですよ。その再発行手続きに時間がかかったんです」

「身分証はどういう形で作っていたんで？」

「現世で怪しまれないように根付のような形にしていました。財布に結び付けておいたんですが、その財布がなくなっちゃおしまいですよ」

「おやまあ」

地蔵の呆《あき》れた目を受けて炎真はむすりと下唇を突き出した。

「誰だってうっかりってことはある」

「もしかしたら警察に届けられているかもしれませんね、あとからでも遺失届を出しておいた方がよろしゅうござんすよ。万が一、身分証が人の手に渡ってしまったらなにか影響があるやもしれません」

地蔵は炎真にではなく、篁に向かって言った。

「影響……ですか？　どんなことが」

「それは」

地蔵はちらっと炎真を見た。

「いまだかつてそういう例がないのでどんなことが起こるかは」

「ですよねー」

地蔵と篁から責める目で見られて、炎真はアスファルトの地面を踏み鳴らした。

「うるせえぞ、てめえら！　過ぎたことは仕方ねえだろ！　おい、地蔵、どうしてあの、駅から遠くて狭くて古い吉祥寺のアパートが埋まっちまうんだ、おかしいだろ。俺はあのアパートがよかったのに！」

「吉祥寺は一度は住みたい街として人気がござんすからねえ。駅から一五分でもすぐに借り手がついてしまいます。それに向こうの地蔵がいつもきれいに保っておりましたから」

確かに思い出せば吉祥寺の地蔵はいつも箒《ほうき》を手にしていた。

「井の頭公園も好きだったのに」

「少し行けば新宿御苑もござんすよ」

「第一ビルが多過ぎる、クラクラする」

「都心でござんすから」

炎真の文句に地蔵はとりあわない。すました顔で歩き続けた。

「あ、エンマさま、神社がありますよ」

篁が道路の向こうに緑に囲まれた神社を見つけた。

「花園神社でござんす。ウカノミタマさま、ウケモチノカミさま、ヤマトタケルさま、それとコノハナサクヤヒメさまが祀られていらっしゃいます」

地蔵は両手をあわせると、その方向に軽く頭をさげる。

「満員御礼だな」

「そのうちご挨拶にいくとよろしゅうござんしょう」

「まあ一度は顔を出しておくか。吉祥寺でも弁天に世話になったしな」

花園神社を右手に見ながらさらに進むと、噂《うわさ》に名高い新宿ゴールデン街になる。地蔵はごちゃごちゃと混みあったビルの間をすいすい通り抜け、ひとつの古びたビルの前で立ち止まった。

「ここでござんすよ」

「あ？」

「え、……ここ、ですか？」

炎真も篁もちょっと驚いた。

それは黄色いタイル張りの幅の狭い、細長い建物だった。周囲と同じようにいくつもの看板がつけられている。入口上部にはうっすらと「ジゾー・ビルヂング」と彫り込まれていた。

「雑居ビル……というものですか？」

「居住できるのかよ？」

「事務所や店が多ござんすが、住んでいる人も少しはおります。一フロアに部屋が四つで七階建て。エレベーターもございますし、屋上へ出ることもできます。まあ景色はよろしくはござんせんが」

地蔵の後に続いて入ると、確かに廊下の両側に「蕎麦屋《そばや》」「日本酒バー」「靴リペア」「喫茶」の看板が見える。今の時間、営業しているのは靴リペア店と喫茶店だけだった。喫茶店の照明看板の上には「ホットサンド」と手書きで書かれた紙が載せられている。

「その店のホットサンドはおいしゅうござんすよ、あとでお試しくださいな」

地蔵がそう言うので炎真はガラス戸から中を覗《のぞ》いてみた。カウンターだけの小さな店だが、そのカウンターを埋めている客の前には、確かにホットサンドの皿が置いてあった。店主らしき若い女がガラスの向こうから炎真に気づいて笑いかけてきた。

「そうだな、あとでな」

廊下の突き当たりに銀色の扉のエレベーターがある。中に入って地蔵が「7」のボタンを押した。キュキュキュ……といやな音を立ててエレベーターが動く。

「おい、大丈夫なのかこれ」

軋《きし》む音に炎真は眉を寄せた。篁も不安そうに壁際に寄る。

「平気でござんす、月に一度は点検しております」

地蔵はにこやかに言うが、結局七階に到着するまで音は止《や》まなかった。

「炎真さんにはこのフロアのこの部屋を使っていただきますよ」

地蔵が指し示したのは七〇四と書かれた、エレベーターを出て右側の奥の部屋だ。

隣には表札のない部屋、向かいには「インベスト・コンサル　斎藤《さいとう》」と書かれた小さなプレートの下がった部屋、その隣はやはり表札がない。

「インベスト・コンサルってなんだ？」

「投資相談というものでござんす。斎藤さんはプロの投資家で、その知識や情報で商売なさっておいでで」

「ああ、一瞬で人間を天国から地獄に突き落とすことができるやつか」

炎真が言うと地蔵は黙って唇の先に指を立てた。

ガチャリと音がして隣の表札のない部屋のドアが開いた。中から若い女が出てきて、廊下に三人固まっている炎真たちに不審げな目を向ける。

「こんにちは。このビルの管理人の地蔵と申します。新しいお隣さんをお連れしたんですよ」

地蔵が営業モードでにこやかに挨拶する。だが女は「あ、そ」とそっけなく答えただけで、すぐにエレベーターの方へ向かった。中に乗り込む前に振り向いて、「その人ホスト？」と篁に視線を飛ばして聞いてくる。

「違います」

篁は急いで言ったがすでにドアは閉まっていた。

「……服を替えます」

篁の落とした肩を地蔵がポンポンと叩く。

「隣は女か？」

「女の人たち、でござんすね」

地蔵がすぐに訂正する。

「大勢住んでいるのか？」

「住んでいるってわけじゃないんですが、……まあおいおいわかると思いますよ」

地蔵はドアにカギを差し込むとガチャリと開ける。

「さあさあ、おはいりくださいな」

部屋はワンルームだったが案外と広い。二つある出窓から日差しが入ってくる。ひとつの出窓の下に二人掛けの小さめのソファが置いてあり、そのそばに丸テーブルと椅子が二つ。もうひとつの出窓の下にはシングルのベッドが二つ、ぴったりとくっつけて置いてあった。

ベッドの足下の方にもドアがあり、洗面台、浴室、トイレへとつながっているようだ。小さな冷蔵庫のついたキッチンは入り口のすぐ横にあった。入り口のドアのすぐそばにガラス戸付きのチェストが置いてある。引き出しを開けてみたが中は空だった。

「殺風景だな」

「ものがありませんからね。でもまあ四九日しかいらっしゃらないならこんなところで大丈夫でござんしょう」

炎真は部屋の中央に立ち、ぐるりと周りを見回した。

「テレビが欲しいな」

「用意いたしますよ」

「あの、DVDプレイヤーとかは……」

篁が遠慮がちに言う。

「必要なら用意いたします」

「和菓子を喰う時、茶を飲みたいな。煎茶を淹《い》れられる道具とコーヒーメーカーも欲しい」

「DVDプレイヤーは録画機能があるものだとありがたいです」

「現世はムシムシするなあ。クーラーも欲しい」

「掃除機はありますか？　コードレスの立てられるもので吸引力が変わらないというのをCMで観《み》て、いいなあと……」

「ロボット掃除機ってのもいいんじゃないのか？」

「あ、それも使ってみたいです」

はしゃぐ炎真と篁に、地蔵は冷ややかな目を向けた。

「私の店に国産の紙パックの掃除機が余っておりますので」

口の端は持ち上がっているのに目が笑っていない。篁はあわてて両手で口を押さえた。

「吉祥寺暮らしでかなり贅沢《ぜいたく》に毒されたようでござんすなあ、お二人さん。立って半畳、寝て一畳。ものを持たない生活をするのが文明人でござんすよ。ミニマリストという言葉をご存じないので？」

ぴしりと言われて炎真と篁は身を寄せ合う。

「やっぱりちょっと吉祥寺の地蔵と違う気がする」

「こちらの地蔵さまの方が厳しいですね」

「厳しいっていうか世知辛いっていうか」

ひそひそ言い合っている二人に地蔵がかぶせる。

「悪口は聞こえないように言うものでござんすよ」

「悪口じゃなくてただの感想だ」

炎真が言うと地蔵は細い腰に手を当てた。

「おや、開き直りやがりましたね」

「おお、開き直るぞ。せっかくの追加休暇なんだからその間くらい住みやすくしろ」

「駄々《だだ》っ子《こ》ですか。吉祥寺がかなり甘やかしたようでござんすねえ」

新宿の地蔵は聞こえよがしにため息をつく。

「残念ながらここは生き馬の目を抜く魔界都市新宿！　そもそもこの休暇はイレギュラーでござんしょう。現時点でここまで用意できた私をむしろ褒めておくんなさい」

地蔵は言いながらドアを開けた。

「おまえも開き直るのかよ」

「私とあなたは裏表《うらおもて》の存在でござんしょう」

地獄で死者を裁く閻魔大王と、亡者を地獄から救い上げる地蔵菩薩は、表裏一体《ひょうりいったい》の存在と信じられている。

「笑顔が足りねえよ、笑顔が」

炎真はぶつくさ言った。

「鍵はこちらで。とりあえずの生活費はこの財布の中に。無駄遣いは許しませんよ」

ぽいぽいと鍵と財布を放られ、炎真と篁はあたふたとそれを受け取った。

「では楽しい新宿ライフを」

最後ににこりと残像を置いて、バタンとドアが閉まる。炎真は受け取った鍵を指先で回しながら窓辺に寄った。吉祥寺では窓から空も緑も見えたがこのビルからは建ち並ぶ建物と、いびつな形に切り取られた空の一部しか見えない。

「なあ、篁」

「はい？」

財布の中の財産を確認していた篁は、炎真の声に顔をあげた。

「魔界都市って、俺たちいったいどこに来たんだ？」

二

炎真と篁が新宿に落ち着いて数日が過ぎた。初日は針地獄のように乱立するビル群と、人の多さに気後れしていたが、じきに人混みもぶつからずに歩けるようになった。

朝起きてビルの近くのファーストフード店でモーニングを食べたあと、炎真はゴールデン街を散策する。黒いカットソーにブラックジーンズは地蔵が用意したどこぞのブランドものだが、まあ以前と変わりはない。

生ぬるい大気に湿った雲がたれこめた、薄い陽《ひ》ざしの中、右手に花園神社、左手に小さな店がひしめきあうゴールデン街を見て歩く。

ゴールデン街はちょっと変わったつくりで、横丁が六本あるのだが、この中で区役所通りという通りにつながっているのは一本だけだ。なので、間違えて別の路地に入ると袋小路になってしまう。

炎真は迷わずに区役所通りに並走している四季の路《みち》という石畳の遊歩道を進み、そこから大通りの靖国通りへ出た。

ここまでくると小さな店は姿を消し、大きなビルばかりになる。そして少し雑で無機質な印象になる。このあたりで生活している人間が少ないからだろう。

生ゴミに群がるカラスや、中華屋の残飯を狙う野良猫たちの方が、主な住人であるように思える。

一〇時、駅に連なる百貨店が一斉に店を開けると、炎真はスイーツ売場のショーケースに張り付いて昼食前のデザートを選ぶ。

おしゃれな紙袋に入れられたそれをほくほくと持ち帰り、インスタントコーヒーと一緒にいただくまでが午前中の炎真の仕事だ。

「今回はのんびり過ごせそうで嬉しいぜ」

「吉祥寺ではなんのかんのとお忙しかったですものね」

篁も炎真の買ってきたケーキをつつきながら答えた。スーツをやめた篁は、今はストライプの半袖シャツにハーフカーゴパンツというラフな格好だ。

この服も地蔵が選んでくれた。最初は脛《すね》を出すのにかなり抵抗していた篁だったが、むしむしするこの季節、穿《は》いてみると風の入るハーフカーゴパンツは快適だったらしい。前髪だけは落ちてくるのが面倒なのでカチューシャを装備している。

「それもこれも吉祥寺の地蔵が仕事を持ってきてたからだ。新宿のあいつはシブチンだが、放っておいてくれるからいい」

「でもテレビとブルーレイプレイヤーは持ってきてくださいましたよ」

「リモコンがないからいちいち手で操作しなきゃなんねえけどな」

あれから壁掛けテレビとブルーレイプレイヤーが追加された。チェストの横の壁にかけられており、ソファに座って見るのにちょうどいい。プレイヤーの方は床に直置《じかお》きだ。すでに篁が購入した犬映画やドラマのブルーレイディスクが床に積んである。

急須や電気ポット、インスタントコーヒーにお茶、マグカップなどもチェストのガラス戸の中におさまっている。空っぽだった引き出しには、カトラリーも増えた。主にコンビニスイーツについてくるプラスチックの小さなスプーンやフォークだ。

掃除機は宣言通り、中古の紙パック仕様。

炎真は窓をあけ、湿っぽい空気をいれた。排気ガスとなにか食べものの腐ったような匂いがかすかにする。

「お昼は下で食べますか?」

「ああ、ホットサンド、ほんとにうまいよな」

一階の喫茶店、「サンシャイン」は、初日にホットサンドを食べて以来やみつきだ。店主の若い女性はエミコさんと言って、三年前から店をやっているという。愛想もいいし、元気がよくて働き者だ。

隣のそば屋は明るいうちは営業していない。夜の九時から朝の四時までの営業なので、夜中に突然腹がすいたときに重宝している。

昼飯を食べて部屋に戻ってくると、隣の部屋に人の出入りする音が聞こえてきた。若い女性ばかり五、六人が出たり入ったりしている。なにをやっているのかはさっぱりわからないが、基本、静かなものだ。

ところが今日は違った。

「きゃああっ！」

「いやあっ！」

いきなり隣から悲鳴が聞こえてきた。ソファの上で「新宿スイーツマップ」を読んでいた炎真は、飛び起きて篁と顔を見合わせた。

「いやあっ！　助けて！」

「やばいやばいやばいやばいって！」

悲鳴の他にどたばたと動き回る音。炎真はすぐに廊下に飛び出し、隣の部屋のドアを、ノックというよりは壊す勢いで叩いた。

「おいっ！　どうした、あけろ！」

その間も悲鳴が聞こえている。いきなりドアが内側に開かれた。一〇代後半らしき少女がひきつった顔で炎真を見上げる。

「どうした！」

「ご、」

「ご？」

「ゴキブリがっ！」

部屋の中では少女たちがローテーブルやクッションの上に乗ったり、走り回ったりしている。

「ちょっと、なに帰ろうとしてんの！　あれ、殺してよ！」

背を向けた炎真の腕を別の少女がひっぱった。

「あー……」

炎真は面倒くさそうに部屋に入ると、床の上にころがっていたコーヒーのプラスチックカップを手にした。それをひょいと放ると、カーペットの上を走り回っていた黒く素早い虫が、口を向けたその中にするりと入り込む。

炎真はそれをさっと拾い上げ、開いている窓に持っていって中の虫を外へ逃がした。

「ほら、いなくなったぜ」

固まっていた少女たちが全員大きな息をつく。

「っていうかなに逃がしてんの、潰せばよかったじゃん」

炎真を部屋に引き込んだ少女が睨《にら》みつけてくる。赤茶けた髪をポニーテールにして下着と見間違えるようなキャミソールに、肌が見える部分の方が多いダメージジーンズをはいていた。

「ああ？　潰してよかったのか？　カーペットの上で？　ぐっちゃり潰れてこびりつくぞ。そのあとどうするんだ」

「……それは……いやだけど」

「だいたいゴキブリがいやなら床に菓子なんぞこぼすなよ。これじゃ、やつらのいい餌場だ」

炎真は床に無造作に置かれているスナックの袋やファーストフードの紙袋に視線を向けた。

部屋の中はソファやクッションが置かれ、壁にたくさんの服がかかっているだけで、店のようにも住まいのようにも見えない。

少女たちは一〇代後半から二〇代前半程度で、全員が濃い化粧をしていた。

「おまえたちここでなにやってんだ」

「どうでもいいじゃん、そんなの。関係ねーし」

炎真を睨んだポニーテールの少女が立ち上がってドアを開けた。

「早く出てけよ」

「助けてやったのに礼もなしか？」

「はあ？　頼んでねーし」

「あ、あの」

最初にドアを開けた少女が炎真に近づいた。ストレートの黒髪で、おとなしそうな印象の少女だ。オフショルダーのレースのブラウスがふわりと揺れる。

「あ、ありがと……」

「サクヤ、そんなんいいから！」

「でもスピカだってアレ出たら涙目だったじゃん……」

サクヤと呼ばれた少女がそう言い返すと、スピカという少女は顔を赤くした。

「サクヤにスピカ？　両方とも大層な名前だな」

「うっせ！　とにかく早く出てけ！」

声に押されるように炎真はドアの外に出た。振り向くとサクヤが小さく頭をさげている。むきだしの肩からサラリと素直な黒髪が滑る。

炎真はひらりと手を振り、「ゴキブリよけには薄荷《はっか》がいいそうだぞ」と声を投げた。

バタンと目の前でドアが閉められる。

「なんなんだ……」

と、首を元に戻して「うわっ！」と飛び上がった。眼前にいつのまにか地蔵ともう一人、派手な格好の人物が立っていたからだ。

「こんにちは、大央炎真さん」

地蔵は頭にかぶった青い帽子の鍔《つば》に手をやって言った。着物姿にハンチングもなかなか似合う。

「お、驚かすな！　いつ来た」

「今ですよ。エレベーターから降りたところです」

地蔵は後ろの銀色の扉を指さす。

「なんの用だよ……」

言いながら炎真は地蔵の連れに目をやった。男、なのか？　長身の地蔵よりも背丈があり、さらに横幅もある……が、姿は女のようだ。

「こんにちはあ」

太い声は確かに男だが、大きな縦ロールの髪に大柄な薔薇《ばら》が染め出されたアンティークな女羽織を羽織っている。顔にも濃いめの化粧が施されていた。眼鏡の奥の目が楽しそうに炎真を見ている。

「おい……」

炎真の呼びかけを無視し、地蔵は炎真たちの部屋のドアを開けた。縦ロール男も当然という顔で入ってゆく。

「おい、ちょっと待てよ地蔵」

追いかけて炎真も部屋に入った。

「あ、地蔵さま。いらっしゃいませ」

「こんにちは、篁さん」

ソファから立ち上がった篁は地蔵の後ろに炎真を見つけて「どうでした？」と口だけを動かして問う。

「ああ、なんでもなかった。ゴキブリが出て騒いでいただけだ」

「隣の部屋にお入りになったんですね、炎真さん」

メッシュのハンチングを取った地蔵はそれを手の先でくるくると回した。

「隣の女たち、ありゃなんだ？ 住んでるわけじゃねえだろ」

「あそこはデリバリーヘルスショップの待機部屋でござんすよ」

地蔵はさらりと言ってのける。

「でりばりーへる……でりへる!?」

「かわいい子ばかりだったでしょう？」

「……おまえ」

うろんな目を向ける炎真に地蔵は首をすくめた。

「大丈夫ですよ、全員一八歳以上ですから。法律的には問題ござんせん」

今日の地蔵は白地に青い鮎《あゆ》の描かれた絽《ろ》の着物で、歩くたびに魚がはねるようだ。

「あの、地蔵さま。そちらの方は」

篁は背後の派手な男が気になるらしい。確かにちょっと無視することはできない存在感だ。

「はい、ご紹介しましょう。このビルの二階のフロアで古美術商をやってらっしゃる胡洞《こどう》さんでござんす」

「よろしくぅ。お二人のことはオーナーの地蔵さんからいろいろ聞いているわよぅ」

羽織のたもとをくるりと回して、胡洞は口元を覆った。

「古美術商ですか、それは素敵ですね」

「古くて役に立たないものばっかりよお。でも世の中にはそれがいいって言ってくださる方もいるからねえ、アタシのような商売が成り立っているの」

声は太いが女言葉だ。そして愛想がいい。縦ロールも派手な羽織も華やかな顔立ちに似合っている。

「胡散臭《うさんくさ》いな。それで何のようだ」

炎真がしかめ面で言うと、篁はあわててそのわき腹をつついた。

「だめですよ、エンマさま。地蔵さまのお客様なんですから」

「客、なあ?」

炎真はじろりと地蔵を見たが、地蔵はその視線を受けても口元の微笑みは絶やさない。

「実はぁ、地蔵さんに相談したところ、こういうことにはうってつけの方がいらっしゃると聞いて」

胡洞は手に持っていた風呂敷包みを窓のそばのテーブルに置いた。注意深い手つきでそれを開くと、中から美しい着物が出てきた。

「わあ、きれいですね」

胡洞が手に持って袖を開くと、床にまで届きそうな長振り袖の着物だ。花嫁衣装なのかもしれない。白地にさまざまな色の糸で花や蝶《ちょう》、鳥などが刺繍《ししゅう》されている。裏は真っ赤な紅絹《もみ》だ。

「美しいでしょう？」

胡洞は片袖を通してそれを光にかざした。

「この振り袖はこの美しさ故に何人もの人の手に渡ったの。まとった女性を美しく装って。でも……」

バサリと裾を回すと着物から花びらが散るようだ。

「その女性たちはことごとく不幸になる――呪われた振り袖なのよ」

声を低めて恐ろし気な顔をつくってみせたが目は楽しそうだ。

「呪われた振り袖だあ？」

「この振り袖をまとった女性はみんな自分の夫や恋人を殺しているの」

「たぶん、たちのよくない霊が憑《つ》いているんだと思うんですよ」

地蔵の言葉に炎真が眉を撥《は》ね上げる。

「そこでエンマさまに」

地蔵がにっこりと目を細めて言った。

「この霊を振り袖から連れ出して、自分が逝くべき場所に送っていただきたいんです」

「今は休暇中だしそもそもそれは俺の仕事じゃねえ」

炎真はくるりと後ろを向き、ベッドに飛び乗ると、背を向けた。

「死神に任せろよ。前だってさんざん吉祥寺の地蔵にこき使われたんだ。おまえは吉祥寺のと違ってほっといてくれると思ったんだがな」

「吉祥寺からちゃんと聞いておりますよ」

地蔵が胡洞にうなずくと、骨董屋《こっとうや》はいそいそと紙袋をソファの前のテーブルに置いた。

「銀座の名店、キルフェボンの季節のフルーツタルトワンホール。通常四〇分待ちで開店即完売の」

炎真はむくりと起きあがった。

「キルフェボン……グルメガイドの最初のページに載っていた……」

「そうですよ、タルトといえばなにをおいてもキルフェボン」

地蔵が宣託のようにおごそかに言う。

炎真は目を輝かせて近づくと、紙の箱のふたをパクンと開けた。中から宝石箱のようにフルーツが輝くタルトが覗く。「おおっ」とうめき声を上げた炎真の手を地蔵がペチッと叩いて箱から離させた。

「しょうがねえなあ」

ベッドから降りた炎真はしぶしぶ、といった体《てい》を装って着物に近づいた。

「迷っているやつがいるなら送らないとな。なにか悪さをしてるなら、なおさらだ」

「……エンマさま」

篁がため息をついて首を振る。

「この着物の来歴はわかるか？　一番初めの持ち主から最近のまで全部だ」

炎真が言うと胡洞はタルトの入っていた紙袋からA4サイズのバインダーを取り出した。

「調べられる限りは調べてきたわ。もともとは明治の華族のお姫様の持ち物よ。ここが一番怪しいと思ったから、その華族さまの家族構成から血縁縁者も詳細にまとめてあるわ」

「そりゃあ仕事が早い」

炎真はバインダーを受け取ると篁に放《ほう》った。

「読んでおけ。必要があれば司録《しろく》と司命《しみょう》に言って記録を取り寄せろ」

炎真は地獄で亡者の記録を担当する二人の獄卒の名前を言った。

「ああ、すごい。よくこんなに調べられましたね」

篁はバインダーを手にパラパラと中をめくった。

「アタシの特技なの」

胡洞は得意げに言うと、縦ロールを指先で回す。

「今はなにも感じないな」

胡洞から受け取った着物を広げてあちこちひっくり返していた炎真が呟《つぶや》く。

「そうなの、女性が着たときだけみたい」

「いろいろ不幸なことがあったと言ったな。なぜ、こいつは処分もされず今まで残っていたんだ？」

炎真の言葉に胡洞は縦ロールが乗っている肩を大げさにすくめた。

「そりゃあこの美しさですもの。だれも焼いたり切り刻んだりできやしないわ。アタシだって仕舞《しま》い込んでおくのはもったいなくて……、どうにかしてこれで女の子を美しく飾りたいのよ」

「そんな風に思うのも呪いの一部なのかもな」

　炎真は着物を丸めると、それも篁に放る。

「どこかにおいておけ」

「乱暴ですよ、炎真さん」

　地蔵が軽く睨む。篁は急いで着物を四角くたたみ始めた。

「うるせえ、もう用は済んだだろ。さっさと帰れよ」

「おや、フルーツタルトはごちそうしてくださらないので？」

「俺が一人で抱えて食う」

「タルトにぴったりなおいしい紅茶をいれますよ。マリアージュ・フレールの春摘みダージリン」

　地蔵は肩から下げていたサコッシュ（小さなバッグ）から、きれいにラッピングされた紅茶の葉を取り出した。胡洞もはいはい、と手を挙げる。

「アタシも紅茶にぴったりなティーカップとソーサーを店から持ってくるわ」

　炎真は大げさにため息をついてみせた。

「勝手にしろ。篁、お湯をわかせ」

「素敵！　みんなでティータイムね。待ってて、すぐ持ってくるから」

　胡洞が縦ロールを翻して部屋から出ていく。

「胡洞さん、いい人ですね」

篁が言うと炎真は鼻を鳴らして地蔵を振り返った。

「人、か？　違うだろ」

「え？」

篁がその言葉に目を丸くする。

「ありゃあ人間じゃねえだろ」

「さすが炎真さん。おわかりになりましたか」

地蔵が小さく拍手する。

「わかるさ。うまく化けているが、ありゃあ妖怪だな」

「そ、そうなんですか？」

あたふたと炎真と地蔵を見る篁に、地蔵はうなずいた。

「ええ。彼は雲外鏡《うんがいきょう》という妖怪ですよ」

「雲外鏡か。なるほど、過去を調べるのはお手のものだな」

「どういう意味ですか？」

犬に関しては性格や能力、食べ物の好みまで把握している篁だが、妖怪には詳しくなかった。

「雲外鏡は過去や未来を覗き見ることができると言われている。遠い場所や閉ざされた場所もな。古道具屋にはうってつけだ」

へえ、と篁は感心した声をあげた。

「地獄の照魔鏡のようなものですね」

「害はありませんよ。彼は骨董屋店主としてもう五〇年以上ここで営業しています。戸籍や住民票も取得してますし、税金も納めています。立派なものでしょう？」

地蔵は親のように自慢げに言った。

「まさか、このビルの住人がみんな妖怪だということはないだろうな」

炎真の疑わし気な言葉に、地蔵は両手をあげて大げさに首を振ってみせた。

「まさか。今は妖怪も数が減っておりますからね。私はできる範囲で彼らを保護しているだけでござんすよ」

「地蔵の子守の守備範囲も広くなったもんだ」

「持ってきたわよお」

声と一緒に胡洞が立派なトレイに華美なティーセット一式を載せて帰ってきた。

「さあ、お茶にしましょう」

炎真と篁が胡洞の顔を見る。その視線に気おされるように胡洞は軽く背をのけぞらせた。

「あら、なあに？　アタシの顔になにかついてる？」

胡洞がテーブルにトレイを置くのを待って、炎真が彼の顔に手を伸ばした。

「雲外鏡は鏡の妖怪。うまく人間に化けたとしても、その本体は鏡だ」

「きゃっ！」

胡洞が避ける間もなく、炎真はその顔の上から眼鏡を奪った。とたんに胡洞のからだがばたりと床の上に倒れる。

「こ、胡洞さん！」

あわてて篁が駆け寄り抱き起こそうとして、

「うわっ！　目が！」

胡洞の白い顔の上には鼻も口も眉毛もある。だが、目がなかった。

「やめてちょうだいよぉ」

胡洞の声が上から聞こえて篁はおそるおそる顔を上げた。そこには炎真が持つ、眼鏡しかない。その眼鏡にぱっちりと目玉がついていた。篁はぱかっと口を開けた。

「眼鏡が本体……」

「ちょっとぉ、元に戻してよぅ。ひどいわぁ！」

篁が炎真から渡された眼鏡をそっと目のない顔にかけてやると、胡洞は勢いよく跳ね起きた。

「ひどいわぁ、マナー違反よ、いきなり正体を暴くなんて」

「はあ……すごいですね」

篁は胡洞の顔をまじまじと見た。横から見てもちゃんと顔に目がついているように見える。

「いやあねえ、そんなにじろじろ見ないで」

胡洞が羽織のたもとで軽く篁の胸を打つ。

「すみません、幽霊や鬼は見慣れているんですが、妖怪はあまり見たことがなくて」

「昔はけっこういたがな。東京がまだ江戸だった頃は」

炎真は懐かしむような顔で胡洞を見やる。それに妖怪はあでやかな笑みを返した。

「妖怪ってね、今は意外と都心にいるのよ。ちょっと様子が変わっていても関心をもたれないからね」

「そういうものですか」

香りのいい紅茶の入ったカップがみんなに配られる。地獄の王と元人間と地蔵と妖怪という奇妙な取り合わせだが、タルトは文句なくおいしかった。

三

ピンポン、と部屋の中にインタフォンの電子音が響いた。篁はソファから立ち上がると、見ていたDVDを一時停止にした。

「はい、どちらさま」

開けたドアの外にロングヘアの少女が一人、とまどった顔で篁を見上げている。オフショルダーのブラウスから覗く肩や首は細すぎて、服がずり落ちないか心配になるほどだ。

「なんでしょう?」

「え、あの、えっと」

少女はからだを左右に揺らして篁の後ろをのぞき込もうとした。その目がソファの上でファミマのプリンを食べている炎真を捉えたらしい。ほっとした笑顔が化粧の濃い顔をあどけなく見せる。

「あの、さっき隣の部屋でゴ……、虫を退治してもらったんですけど」

「ああ、聞いてますよ」

「それで、あの、お礼にってみんなが」

少女は缶の炭酸飲料を二本差し出した。

「そんな気をつかわなくても結構ですよ。どうせ部屋でごろごろしていただけですから」

篁は微笑んで言うと、部屋の中を振り返った。

「エンマさ、……ん。隣の方がお礼に来てくれましたよ。お通ししていいですか？」

「かまわねえよ」

「あ、いえ！　これ渡したらすぐに帰るんで……」

少女は篁に缶を押しつけた。その目がドアのすぐそばにあるチェストに向いたとたん、大きく見開かれる。

「きれい……」

「え？」

篁も部屋の中を振り返る。チェストの上には先ほど胡洞から預かった振り袖が畳まれて置いてあった。

「ああ、これですか」

篁は一歩後退してチェストに近寄った。誘い込まれるように少女のからだが部屋の中に入る。ソファに座っていた炎真は彼女がサクヤと呼ばれていた娘だと思い出した。

「預かり物ですよ。きれいでしょう」

「うん、すごい、マジきれい」

サクヤはチェストのすぐそばに立ち、身を屈《かが》め、顔をくっつけんばかりだ。

「これ、刺繍……？　すごいね」

「この刺繍をしたのは華族のお姫様ですよ」

「カゾク？」

　おそらく意味を取り違えている少女のために篁は説明した。

「明治時代の貴族のことです。元は大名だった人たちが武士をやめた後そう呼ばれたんですよ」

「へえ、すっごい昔のものなんだ」

　サクヤは視線を篁から着物へ戻した。

「そうですね、これを刺した人の名前もわかっています。綾子《あやこ》さまという方です」

「アヤコさま……」

「ご自分の花嫁衣装のつもりだったんでしょう」

「じゃあそのお姫様、これを着て結婚したんだ？」

　サクヤは目を輝かせてもう一度篁を振り仰いだ。

「それが……」

　篁はちらっと背後の炎真に目をやった。炎真は知らぬ振りで手元の雑誌に目を落としている。

「結婚する前に亡くなられたようなんです」

「ええー、マジで？　かわいそう！」

サクヤは両手で口を押さえた。そんな仕草はずいぶんと幼い感じがする。地蔵は隣の少女たちはみな一八歳以上だと言っていたが本当だろうか？

「おい、篁」

炎真がソファの上でひらひらと手を振っている。

「ちょっと来い」

「あ、はい。……あの、ジュースありがとうございます」

篁は両手でジュースを持ち上げて見せた。

「いいえ。あのぅ」

サクヤは炎真に小さく頭をさげた。

「ゴ、……あれ、退治してくれてありがとう」

「おう」

炎真は気のない口調で手を振る。サクヤはドアをあけ、もう一度チェストの上の振り袖を見た。

「なんですか、エンマさま」

炎真のそばに寄った篁が身を屈める。炎真は雑誌を開いてその中を指さした。

「見ろ、これ。期間限定だってよ」

「そんなものあとで見ますよ」

バタンとドアの閉まる音に篁は顔をあげた。サクヤの姿はもうない。

そしてないものがもうひとつ。

「エ、エンマさま、着物が」

「おう。罠《わな》にかかったな」

炎真はニヤリと笑って雑誌を閉じた。


サクヤはエレベーターに飛び乗って一階のボタンを押すと閉ボタンを連打した。ドアはすぐに閉まり、降下する。

「どうしよう……」

呟いて両手の中に抱きしめている着物を見た。

そんなつもりはまったくなかったのに、気づいたらこの着物を摑《つか》んでいた。そのあと逃げ出してしまったのだから盗んだことになるのは間違いない。

一目見たときから心を奪われていた。どうしても触れてみたかった。広げてこの刺繡をすべて見てみたかった。

(あとで謝って……返せばいいよね……)

見たかっただけだと言って、泣いて謝ればきっと許してくれる。さっき話した人、

――篁と呼ばれていた人は優しそうだったし。炎真さんという人はちょっと怖そうだけど、ゴキブリを逃がすような人だからやっぱり優しいよね。

一階に着いてサクヤはビルの外に走り出た。

（どこで広げよう）

一刻も早く着物を見たい、いや、着てみたい。着物の着方なんか知らないけれど、羽織るだけでもいい。この美しい花や鳥に包まれてみたい。

不意に聞き覚えのある音楽が響いた。サクヤはびくっと体をすくめ、尻ポケットからスマホを取り出す。画面にはシャチョーと表示されていた。

「はい」

『おう、サクヤか？　なんかスピカが電話してきて、おまえが隣に行って帰ってこないって言ってたぞ』

サクヤたち女の子をまとめているデリヘルの店長の、かさついた声が流れてきた。

「あ、えっと、もう外にいます」

『外？　外って？』

「えと、ビルの外。あの、別になんでもないですよ」

『そうか？　でも外にいるなら都合がいい。指名が入ったぞ、西新宿まで行けるか？』

「西新宿ですか？」

『そうだ。住所いれておくから行ってくれ。二〇分くらいで行けるよな？』

「はい……」

『しっかり稼いでこいよ。やばそうだったらワン切りで連絡しろ、すぐ駆けつけるから』

シャチョーのこういうところは信用できる。前にスピカが終了後もしつこく引き留められたとき、ワン切りで連絡したらほんとにすぐに飛んできてくれたらしい。基本、仕事は新宿周辺で、というルールのおかげでもある。

『客は二回目だけどな。前に指名しておまえを気に入ってくれたらしい。ハシモトって客だ、覚えてるか？』

「うーん、わかんない」

『リピーターは大切にしろよ。会ったらお愛想のひとつでも言っておけ』

「はーい」

そうだ、部屋に入ったら服を脱いでこの着物を着てみよう。コスプレということで喜んでくれるかもしれない。アタシも着られるしウィンウィンじゃんね？

サクヤはぎゅっと着物を抱きしめた。部屋ですることを考えたら汚してしまう可能性もあるのだが、そのことはまったく頭になかった。

「罠にかかったって、彼女にわざと着物を盗ませたんですか？」

篁は非難するように言った。それもそうだ、窃盗は黒縄《こくじょう》地獄行きの罪になる。

「振り袖に対する興味が尋常じゃなかっただろ。あれはそういうものなんだ。女を異常なまでに惹きつける。裁きじゃそのへんは考慮するさ」

「やり方もひどいですけど、危険ですよ！　女性を不幸にする呪いの振り袖って言われてたじゃないですか！」

「ことを起こす前に止めればいい。今のままじゃなにもわからねえからな。男の下にあるうちは呪いも発動しないみたいだし」

わめいている篁を無視して、炎真は横になっていたソファの上をあちこちさぐっている。

「あの子がどこへ行ったかわからないんですよ？」

「大丈夫だ」

ソファの座面と背もたれの隙間からスマホを取り出すと、炎真は登録してある電話番号をタップした。地蔵から貸し与えられているスマホだ。

「俺だ。着物が移動した。場所はわかるか？」

しばらく話して炎真は篁を見た。

「西新宿に移動中だ」

「電話の相手はどなたですか？」

篁は炎真の為《ため》にドアを開けた。

「胡洞だ。あいつなら着物の行方を追うことができる。行くぞ」

四

サクヤが呼び出された西新宿のマンションはオートロックだ。部屋番号を押すと、こちらが名乗る前にドアが開かれた。

ホテルに呼び出す客もいるが、たいていは自室で待っている。マンションを見たとき、サクヤは橋本《はしもと》のことを思い出した。三〇代くらいのおとなしい男だった。部屋にやたらと大きなテレビが置いてあったことが印象に残っている。行為自体は平凡だったのか、記憶にない。

マンションのロビーは広く、テーブルやソファが三つほど置いてあった。奥にはコンシェルジュもいる。自分に笑顔を向ける制服姿の女になんとなく気後れして、サクヤは目を伏せてカウンターの横を通り過ぎた。

エレベーターであがって部屋まで行く。サクヤがインタフォンを押すと、橋本はドアの内側で待ちかまえていたのか、すぐに開いた。

「は、はやく入って」

そういえば初回もそうだった。早く早くと急《せ》かされたのだ。デリヘルの女を呼んだところをマンションの住人に見られたくはないのだろう。度胸もないくせにデリヘル呼ぶなよ、とサクヤは胸の中で毒づいた。

「おひさしぶりー。また呼んでくれてうれしいよ」

それでもそんな感情はおくびにもださずに笑顔を作る。ちょっと声を甲高く上げ、かわいらしく見せるのもサービスのひとつだ。

「うん、うん、元気だった？　サクヤちゃん」

橋本の顔は正直覚えていない。丸顔で色がどす黒く、顎の下にひげをたくわえていたが、それがおしゃれなのか無精なのか判別がつかない。

「元気よー。橋本さんも元気だった？」

「うん、うん、元気だった。えと、あの、シャワーとか使う？　お湯、すぐにでるようにしてあるから」

デリヘルは基本、入浴施設が併設されていない場所へは呼ぶことができないことになっている。プレイ前には客とシャワーを使うが、これは相手が性病にかかっていないかを確認する作業でもあるし、互いに清潔にする必要があるためでもある。

「うん、ありがとー、つかうー。でもそのまえに、橋本さん、これ見てよ」

部屋に入ると、サクヤは胸に抱えていた着物をバサリと広げた。花や蝶や鳥が息を吹き返したように鮮やかに舞い上がる。

「うわ、なに、これ」

橋本は片足で立って怯えたように両手を胸に当てた。

「すてきでしょー。橋本さんのために持ってきたのよー」

着物を持ち込んだことを正当化するために、サクヤは媚《こ》びる口調で言った。

「ねー、これ着たアタシ、まじやばいって思わない？」

サクヤは床に膝をつき、置いた着物の刺繍を手のひらで撫《な》でた。思った通りすばらしい。まるで刺繍から本物の花や蝶が浮き上がって見えるようだ。

「こ、これを着るの？」

「そう、ねー、こうやってさー」

サクヤは着物を持ち上げ、肩から羽織った。袖に手を通し、衿《えり》を摘《つ》まんで前で交差させる。ひんやりとした正絹の感触が体中を包む。蠱惑的《こわくてき》な香りが全身を取り巻いた。

「ああー、やっぱすてきー、かわいー。ねえ、鏡ない？　鏡見たい」

「か、鏡？　洗面台にあるけど」

「ちょっと借りるねー」

サクヤは裾を引きずりながら洗面所に駆け込んだ。一人暮らしの男のわりに広いスペースがとってあり、壁一面が鏡になっている。それに姿を映してサクヤは感嘆の声をあげた。

「あー、やっばい！　すげーかわいー、ちょーかわいー!!」

花園に身を置いているようだ。着物なんて七五三の時に着て以来ではないか。あの日は母と一緒に地元の神社へ行った。色とりどりの丸菊が染められた愛らしい振り袖、金糸の帯に頭にはピンク色のサテンのリボンをつけてもらった。

母も精一杯おしゃれをして二人で写真に収まった。

あのときの誇らしい気持ちがまざまざと胸によみがえる。

（あの着物、レンタルだった。いくらだったかわからないけど、パートの母の給料じゃ高かっただろう。あの日の為だけに借りてくれたのだ。千歳飴《ちとせあめ》も買ってくれた。食べきれなかったあの飴は、あのあとどうしただろう？）

口の中に千歳飴の味も甦《よみがえ》る。甘くてほんのり桜の香りがした。

思い出してみれば母は苦労のしどおしだった。大人になった今だからわかる。

スーパーのパートと病院の清掃員のバイトを掛け持ちしても、生活はギリギリだったはずだ。遠足のお弁当がおにぎりだけだったり、からだが大きくなっても体操着を新調してもらえなかったり、中学の制服が誰かのお下がりだったり。

なのに高校までいかせてもらった。爪に火をともすように節約してお金を貯《た》めてくれたのだ。

けれど結局中退して、アタシは性を売る仕事をしている。これは母が望んだ未来でも幼い自分が夢見た将来でもなかったはずだ。

喧嘩《けんか》して家を飛び出し友達の家を転々として、ＳＮＳで知り合った男の家にも転がり込んで。

どうしてこんなことになったのだろう？

なぜ母を裏切ってしまったのだろう？

アタシが悪い？　そうじゃない、悪いのは母を捨てた父だ。駆け落ちして母に実家を捨てさせ、けれど五年ももたずに別の女を作って家を出た父だ。

父さえまともだったら母もアタシもこんな不幸じゃなかった。

父なんて――男なんてサイテーだ。

そうだ、男なんて、女と見ればヤレルかどうかしか考えていない、サイテーでサイアクな生き物だ。

男なんて、アタシには、この世界には必要ない……。

「サクヤちゃん、どうしたの」

鏡に見知らぬ男が映った。丸顔でだらしのないゆるんだ表情が醜悪だ。

吐き気がした。全身の毛穴が開いて背筋が寒くなる。こんな生き物はこの世にいちゃいけない。男なんてみんな、みんな……。


「おい、おまえが言ったあたりまできたぞ。ビルがいくつか建っている。どのビルだ？」

炎真たちが新宿駅の東口から西口に出るのに、けっこうな時間がかかってしまった。縦断する通路があるのだが、その場所がよくわからなかったせいだ。

炎真はぜえぜえと息を切らしてスマホに向かって怒鳴った。通話相手は胡洞だ。

『そのあたりの茶色いマンションよ。けっこう立派なやつ……ねえ、急いで。なんだかやばい感じなの。完全に着物に取り込まれているみたい』

胡洞は特定のものを探し当てる雲外鏡の能力を使って、あの着物を追うことができる。炎真は周辺を見回し、それらしい建物を見つけた。

「そっちに向かっている。部屋は？」

『十二階の一二〇八号室。マンションはオートロックだから居住者に開けてもらわないと入れないわ』

「面倒だな」

炎真がバキリと指を鳴らす。それを見て篁は青くなった。

「エ、エンマさま、だめですからね乱暴は。地蔵さまに怒られてしまいます！」

「あいつが持ってきた案件じゃねえか」

「それでも現世の人に迷惑をかけちゃだめですよ！」

「じゃあどうしろって言うんだ……」

言い合っているうちに透明な入り口のドアの向こうに人の姿が見えた。どうやら外へ出てくるらしい。

「しめた。ちょうどいい」

炎真と篁は住人が外へ出ようとしたのと同時に入り口にダッシュした。住人の両脇をすり抜けマンションの中に入り込む。

「よし、入った」

だが、フロントにはコンシェルジュの女性がいる。彼女はあからさまに不審気な目を向けていた。

「篁、あとはまかせた」

「ええっ、どういうことです」

「元、平安貴族だろ、女を口説くのはお手の物じゃねえか。怪しまれないようにうまいこと言っておけ」

「そんなぁ。平安貴族を誤解してますよ！」

炎真はコンシェルジュの女性がなにか言う前にその横を突破した。篁はあとに残りひきつった笑顔を女性に向ける。

「あ、あやしいものではありません。マンションの方に用事がありまして……」

炎真はエレベーターに乗ると十二階のボタンを押した。


「サクヤちゃん、ねえ、どうしたの」

男の手がサクヤの着物に包まれた肩に触れた。そのとたん、サクヤは感電したかのように背をのけぞらせ、大きくからだを震わせた。

「サクヤちゃん!?」

「――ね、ば」

「え？」

震えるサクヤのこわばった唇から出た言葉を聞き取ろうと、橋本は顔を近づけた。

サクヤはそのあごを摑むと力いっぱい鏡に叩きつける。

「ぎゃっ！」

油断していた男はまともに顔面を強打した。鋭い音がして鏡にひびが入る。

「ひゃ……、な、なに……」

「死ねば、いい……！」

額から血を流している男の髪を摑み、振り回すようにして壁に叩きつける。崩れ落ちたところを馬乗りになって、洗面台にさがっていたタオルを首に巻き付けた。

「死ね！　死ね！　死ね……っ！」


エレベーターから降りて外廊下を走る。部屋はエレベーターの横から一二〇一、一二〇二と続いていた。一二〇八は一番奥だ。

『炎真さん！　早く！　今修羅場よ、男の人が死んじゃうわ！』

切っていなかったスマホから胡洞の太い悲鳴が聞こえる。

『こわいー！　こわいわー！　やめさせてえ！』

「今向かってる！」

『男の頭割れてるわー、首絞めてるわー、たすけてええっ』

「やかましいっ！　おまえ、鏡の妖怪なんだろ！　そこから部屋の鏡に移動できねえのか！」

『アタシは見るだけの妖怪なのよ！　無理イ！』

「じゃあ救急車を呼んでおけ！」

炎真は怒鳴ってスマホを切った。一二〇八号室についてドアノブを引いたが当然鍵が閉まっている。

「緊急事態だからな」

炎真はレバー式のドアノブを掴むとぐっと力を込めた。薄いカットソーの袖の下で、筋肉がぼこぼこと盛り上がる。およそ二倍の太さに膨れ上がった腕で、ねじきるようにドアノブを引くと、バキリッと篁が眩暈《めまい》を起こしそうな鈍い音がした。

「緊急事態だから、な」

もう一度呟き、無理矢理《むりやり》引き開ける。ドアチェーンが弾《はじ》けて炎真の頬《ほお》に一筋の傷をつける。かまわず炎真は部屋の中に土足のままずかずかと上がり込んだ。

「サクヤ！　どこにいる！」

扉が開いたままの洗面所を覗くと、サクヤが男に馬乗りになっていた。目を見開き歯を食いしばり、まるで自分が首を絞められているような顔つきだ。

「やめろ！」

　タオルで首を絞めている両腕を背後から握り、離させる。男の顔は赤黒くなっていたが、タオルが外れると大きく胸が動いた。

「サクヤ！　しっかりしろ！」

「ハナセッ！　ハナセエッ――――！」

　サクヤが腕の中で暴れる。炎真は女の両腕を封じ、うなじに手刀を叩き込んだ。

「ヒッ！」

　サクヤは短い悲鳴を上げ、そのままガクリとうなだれる。炎真は床にサクヤを転がすと、倒れたままの男の頬を軽く張った。

「おい、大丈夫か」

「うう……」

「信じても信じなくてもいいが、この女はおまえに殺意があったわけじゃねえ。悪霊にとり憑かれたんだ。だから事件にしないでもらえるとありがたい」

「う、う……」

　額が割れて血塗《ちまみ》れの男はうつろな顔で炎真を見上げた。

「あと、玄関の鍵を壊しちまったがおまえの命を助けるためだからいいよな？」

「ク、クスリを……盗みにきたのか……」

「あ？」

「クスリならやるから……助けて……殺さないで」

頭の怪我《けが》と首を絞められ殺されそうになったためか混乱している。炎真は男の手が洗面台の下の棚をひっかいていることに気づいた。

その棚を開いてみると、洗剤やバケツなどの奥にアルミ製のツールボックスを見つけた。引っ張りだしてみると、小袋に分けられた白い粉が入っている。

「なんだおまえ、クスリやってんのか。悪党だな」

炎真は男の頭を持ち上げ、その目を覗き込んだ。

「救急車がくるから助かるだろうよ。目がさめたらサクヤのことは忘れろ、いいな」

そのまま手を離すと、ガツン、と床に頭を打ち付け、再び男が失神する。

ガタガタン、と背後で音がする。振り向くとサクヤが着物を羽織ったまま逃げだそうとしていた。

「おい、待て！」

伸ばした手をすり抜け、サクヤは廊下から開きっぱなしの玄関に飛び出した。

「あのやろう！」

気絶していると思った炎真のミスだ。玄関をでると、非常階段の方へ流れる振り袖の裾が見えた。

「待てって！」

「エンマさま！」

エレベーターから篁が転げ出てくる。

「着物は？」

「逃げられた、上だ！」

五

炎真と篁は着物を――サクヤを追いかけて非常階段を上った。三階分を上がると屋上に出る。ドアを開けたとたん、振り袖が風をはらんで翻った。

サクヤは恍惚《こうこつ》とした笑みを浮かべ、そのまま屋上に飛び出した。

「篁！　俺が着物をはがすから女を捕まえとけ」

「はい！」

屋上の柵に張り付いているサクヤを篁は背後から捕まえた。炎真は彼女の腕から着物を脱がそうとしたが、サクヤは獣のように暴れ、炎真の手に噛《か》みつこうとする。

篁はサクヤを羽交い締めにしていたが、サクヤの尖《とが》った肘が何度もみぞおちにヒットし息も絶え絶えだった。

「エ、エンマさま、もう限界です～！」

篁が悲鳴を上げる。

「ちっ！」

炎真は舌打ちして、今度はこぶしでサクヤのみぞおちを軽く打った。

「ゲ……！」

「おとなしくしろ！」

ようやく着物を脱がせると、サクヤはそのままくたくたとコンクリートの上に膝をついた。カクリとのけぞった顔は目を閉じ、意識は無さそうだった。

「篁、女を頼む」

「はい、お任せを」

篁は這《ほ》う這《ほ》うの体《てい》でサクヤを抱き上げ、炎真から、というより着物から離れた。

「おまえも、もうやめろ」

炎真は丸めた着物に言った。

「女にとり憑き男を殺して、永遠に殺意に縛られたままか」

（死ねばいい……不幸になればいい……）

空気の振動を伴わない声が、音のない言葉が、炎真の頭の中に聞こえてきた。

（わたくしを不幸にした美しい女と男……みんな死ねばいい……）

「香之上《こうのうえ》綾子だな」

柵の向こうに浮かんでいる着物姿の女に炎真は目を向けた。女はなぜか顔に白い布を張り付かせている。

「この着物の最初の持ち主。香之上家の次女」

（わたくしがなにをされたか……ご存じなのですか……）

「ああ、知っている。胡洞が調べたからな。それにおまえが生きていた時代からもう一〇〇年経っている。おまえの親類縁者もみんなあの世だ。つまり俺のもとに記録がある」

炎真は片手に振り袖を持ったまま、もう片方の手をあげた。

「司録、司命！」

炎真の声にしゃららーんと細かな金属の薄板を鳴らすような音が響いた。

「はーいー」

「おそばにぃ」

垂れのある紗帽《さぼう》と呼ばれる小さな帽子をかぶった男の子と、たくさんのかんざしで髪を結い上げた女の子。袖の長い、複雑な文様を刺繍した、着物に似た服をまとった二人が、音と一緒に空中からにじみ出るように現れた。

「エンマさま、お呼びがおそーい」

「出番ないかと思いましたぁ」

二人は軽やかに炎真の背後に着地した。司録と司命、二人は地獄で閻魔大王のそばに控え、亡者の記録を作ったり、取り出したりする獄卒だ。

「香之上綾子の記録を出せ」

「はーいー」

「香之上綾子さんの生涯ですぅ」

生きている人間の記録を現世で出すには、名前と司録司命による本人確認が必要だ。死んでいて地獄に魂が来ている人間は自由に記録が取り出せる。

綾子のように魂が地獄に来ていない場合も、遺体が残り、縁者が供養をしていれば記録が作れる。すべての人間の一生は地獄の閻魔帳に記録されるのだ。

炎真の手の中に一本の巻物が現れた。それをバサリと払い、炎真は中の一節を読み上げた。

「おまえは夫となるはずだった名倉光彦《なくらみつひこ》との縁談を取り止め、そのあとその花嫁衣装に呪いの刺繍をほどこした」

(そうよ)

綾子は柵を突っ切って炎真のすぐ目の前に立った。

（なぜ光彦さんがわたくしを裏切ったか……それもそこに書いてあるのでしょう？）

綾子の顔を覆う白い布がゆらゆらと揺れる。

「ああ」

（光彦さんはあの女……わたくしの姉の美貌に溺れ……わたくしを裏切った……わたくしが醜いから……）

綾子は両手を布の下に差し込み、顔を覆う。

（幼い頃から美しい母親に醜いと言われ続けて……自分の娘ではないと罵られ……美しい姉や妹に比べられて生きてきたわたくしの苦しみ……おわかりいただけますか）

「おまえの苦しみはおまえだけのものだ。俺にはわからねえよ」

炎真があっさりと否定する。そのそっけなさに後ろにいた篁が「言い方！」と頭をかきむしった。

（そう……そうね、あなたも男ですものね。美しい女が好きな男ですもの）

綾子は手を離した。指先が濡《ぬ》れているのは涙を零《こぼ》したのか。

（それでもわたくしは耐えてきた。家を出れば、嫁げば、美しさの呪縛から逃れられると。美しい母や姉や妹から自由になれると。そんなわたくしに光彦さまは優しかった……あの方となら幸せになれると……思っていた……）

綾子の指がガリガリと胸元をかきむしる。流れる髪が渦を巻いて空中に広がった。

（光彦さまはわたくしを醜くはないと……美しい心根が顔に出ている……そんなわたくしが好きだと……ああ……幸せだったのに……）

だが綾子は見てしまった。姉と抱き合っている許嫁《いいなずけ》の姿を。

絶望した綾子はそのまま部屋にこもり、花嫁衣装にするつもりだった着物に一心不乱に刺繍をほどこし、できあがった朝に自殺した。

憎しみを、恨みを、怒りを、呪いを着物に込めて。

ひと針ひと針、呪詛《じゅそ》を縫い込めて。

「俺にはおまえの気持ちはわからない。俺にわかるのは事実だけだ」

炎真はひとかけらの慈悲もない、冷たい声でぴしりと言った。

（事実！　事実がなんだというの！　光彦さまがわたくしを裏切り、母と姉と妹がわたくしを笑い物にしたというのが事実ですわ！）

「それは事実じゃねえ」

炎真はもう一本の巻物を手にした。

「これはおまえの許嫁、名倉光彦のものだ」

炎真はそちらの巻物も開く。

「これには光彦がおまえを裏切った事実は書かれていない」

（……え、……？）

「本人から釈明させる」

炎真が司録と司命を振り返ると、二人の子供たちは空中からなにかを取り出すようなしぐさをした。その両手に引かれて現れたのは、金ボタンに詰襟の、軍服を着た男性だった。

綾子がひいっと叫んで再び柵の後ろへ下がる。

(まさか……まさか……光彦さま……)

(綾子さん)

光彦は手袋に包まれた手を差し出す。袖口に二本の金色の線が入っている。

(あなたを苦しめ悲しませてしまったことを謝らせてください。けれど自分はあなたを裏切ってはいません。あなたが見たのはあなたのお姉さまの策略です。あなたが幸せになることを妬んだお姉さまが、むりやり自分に抱きついて、それをあなたに見せつけたのです)

(う、うそ……)

(本当です。自分は何度もあなたに釈明したかった。けれどあなたのお姉さまやお母さまがあなたに会わせてくれなかったのです。あなたが自ら命を絶ったことを聞き、自分がどんなに絶望したか。自分は生涯だれとも添いませんでした。あなただけを想っていたのです)

光彦は悲し気に、そして悔し気に呻《うめ》いて唇を嚙んだ。

(うそ、うそ、うそ!)

綾子は何度も首を振った。

(死んでまで嘘《うそ》は申しません、綾子さん。あなたにとって自分は信じるに値しない人間だったのでしょうか?)

真摯なまなざしで、光彦は空中に漂う綾子を見つめる。

(そんな……光彦さま……うそ……)

綾子は呆然《ぼうぜん》と繰り返す。その顔から白い布がはずれて落ちた。その下には青白く小さな——平凡な女の顔があった。

(わたくしは……わたくしは……)

「香之上綾子。その着物から離れて彼岸へ向かえ」

炎真が厳しい声で言った。

「おまえは裁かれなければならない。おまえを追いこんだものたちも裁かれている。裁判を受け、罪をつぐない、転生の輪に乗る順番を待つんだ」

(……)

綾子はゆっくりと屋上へ戻ってきた。光彦が歓喜に満ちた表情で両手を広げる。綾子はその腕の中にからだを投げ出そうとし——だが、その手がいきなり光彦の顔を引き裂いた。

「なにをする！　香之上綾子！」

顎をもたげ、哄笑《こうしょう》をあげる綾子の右手は、鬼の腕のように太く醜い剛毛に包まれている。爪は長く鋭く黒く、ねじれていた。その爪の先に光彦の顔がひっかかっている。

（いやよ！　今更誰が裁くと言うの！　わたくしを不幸にした人間に復讐《ふくしゅう》してなにが悪いの！　姉も妹も母も、みんな男を殺して罪に堕《お》ちた。いい気味だ。いい気味だ！）

笑い続ける綾子の顔が変わってゆく。口が大きく裂け、目は吊《つ》り上《あ》がり、顔自体が歪《ゆが》んでゆく。

「てめえ……」

炎真は呻いた。

顔を抉《えぐ》られた光彦のからだはコンクリートの床の上でのたうちまわっていた。

「わあっ、魂が損なわれちゃいましたー」

「いくら亡者は死なないと言っても、これは回復に時間がかかるのよぅ」

司録と司命が大慌てでその体を抱えあげる。

「エンマさまー、これは亡者の安全確保ができていなかったと地獄で問題になるのー」

「安易に亡者を現世に呼びだしたと、十王会議で問題になるかもしれませんわぁ」

二人の言葉に炎真は舌打ちした。確かに名倉光彦の魂に傷をつけたのは閻魔としての責任問題に関わる。

「くそ、ことを穏やかに進めようと思ったのが裏目に出たか。司録、司命、名倉光彦を連れて帰れ」

「はーい」

「仰せのままにぃ」

二人の子供は名倉光彦の腕を持ち上げようとした。だが、光彦はその腕を振り払った。

(待って……待ってください！　自分にもう一度機会を……っ、綾子さんを説得する機会をください！)

光彦は半分崩れた顔のままで叫んだ。

「無理だ、あいつはもう呪いに呑《の》まれている」

(しかしこのままでは……あまりにも綾子さんが)

「あとは俺の仕事だ。名倉光彦、おまえは控えていろ」

炎真はさっと片手を振った。光彦の姿がかき消したように見えなくなる。

(わたくしは男と美しい女に復讐する。みんな、わたくしと同じように不幸になれば

いいんだ！　おまえなどの出るまくではないよ）

綾子は鬼の形相で炎真を嗤《わら》い罵った。

「ほざくな、おまえはもう復讐とかどうでもいいんだろう。呪いとなって着物を手にした女を苦しめる、それがただ楽しくなっているだけだろう」

綾子はピタリと笑いを止め、爪の先の光彦の顔を手の中に握り込んだ。

（そうさ。どの女も持っている男への憎しみ、不満、嫌悪……そんなものを煽《あお》り立《た》てて男を殺させる……面白い、面白いよ）

「芯から悪霊に成り下がりやがって……」

（もっともっと女を破滅させてやる……男を殺してやる……！）

綾子のからだが膨れ上がり、炎真をも飲み込もうとした。背後でサクヤを抱いている篁が悲鳴をあげる。

「エンマさま！」

「ふざけるな！　俺を誰だと思っている！」

炎真の足がコンクリートを蹴り、綾子の頭上まで飛び上がった。その右手にある振り袖が、綾子の顔めがけて振り下ろされる。バサリと顔を覆われ、綾子は悲鳴をあげた。

「地獄の大王、閻魔だ！　おまえを地獄に送還する」

同時に左手の拳を着物の中心に叩き込む。ぎゃあっと耳障りな悲鳴をあげ、着物の下から黒い煙が湧き上がった。

「篁！　地獄の門を開け！」

「は、はい」

篁が何もない空間を手で払う。そこにぽっかりと真っ暗な穴が開いた。黒い煙はその穴に螺旋《らせん》を描きながら吸い込まれていく。

（いやだ、いやだあっ！　地獄になんかいきたくなあああ……っ）

綾子の悲鳴を残して、黒い煙が全て吸い込まれた。

パサリと屋上のコンクリートの上に着物が落ちた。鮮やかだった刺繍は今や色あせ、着物の地色もくすんで胴裏も薄汚れている。

呪いが失われた今、着物は二度と誰も魅了しないだろう。

（綾子さん……）

光彦の姿が現れた。彼は消えてしまった許嫁を捜し求めるように、空中を見つめた。

（綾子さんはどうなるのでしょうか？）

「呪いを振りまいた罪で裁かれるだろうな」

（いつかもう一度会えるでしょうか？）

炎真は光彦に目を向けた。

「待つのか？」

（綾子さんを破滅させた原因の一端は自分にもあります。信じてもらうことができなかった自分の弱さです。待ちましょう、もう一度あの人が微笑みを取り戻すまで）

光彦は半分だけになってしまった顔の中で、強い意志を瞳に乗せて炎真を見返す。

炎真はそんな彼にうなずいてやった。

「名倉光彦さーん、あの世へ戻りますー」

「魂を修復しますよぉ」

司録と司命が現れて、光彦の肩に触れる。光彦は炎真に向かって敬礼し、やがて二人と一緒に消えて行った。

「う、う……ん、ん」

篁の腕の中でサクヤが呻いた。

「目を覚ますとやっかいだ。早くマンションから出るぞ」

「はい」

炎真に命じられ、篁はサクヤを抱き上げた。下の方で救急車のサイレンの音が聞こえる。おそらく橋本を収容しにきたのだろう。

炎真は着物を拾い上げると篁と共に屋上から出た。

終

「ひどいわぁ、これじゃあ売り物にならないじゃないのよお！」

胡洞は色あせた着物を抱きしめて嘆いた。

「知るか。俺たちのせいじゃない。悪霊を追い払ったらそうなったんだ」

「きっと悪霊の魔力で魅力的に見えていたんですよ」

炎真はそっけなく、篁は慰めるように答えた。

「こんなことになるならそのままにしとくんだったかしら。やっぱりちょっとワルい方がなんでも魅力的よねえ」

胡洞は着物に顔を埋《うず》めてぼやいた。炎真は胡洞の持ってきた福砂屋のカステラの三切れ目を口に入れる。

「俺の前でよくそんなことが言えるな」

「だあってえ」

あのあと、橋本の件は関東ローカルのニュースになった。部屋を訪れたものに襲われた男性が、危険ドラッグの販売を行っていたことが発覚、入院後逮捕されたという。

　炎真がかけた暗示通り、サクヤのことは忘れていた。

「そもそも悪霊憑きのものを売ろうとするのが悪いんだ」

「しょうがないわねえ。着物を解《ほど》いて商品を包む風呂敷にでもするわ」

　胡洞が自分の部屋に帰った後、見計らったように部屋のインタフォンが鳴った。出てみると隣の部屋の少女のひとりだ。前にゴキブリを逃がした炎真を責めた、スピカと呼ばれた少女だった。

「おや、こんにちは」

　篁は愛想よく挨拶をしたが、スピカは口をむすりと結んだまま、炭酸飲料のペットボトルを差し出した。

「なんですか？」

「サクヤからだよ」

「ああ、サクヤさん。お元気ですか」

　スピカは舌打ちをするとそっぽを向いて言った。

「サクヤ、辞めたから」

「え？」

「急に実家に帰るって仕事辞めたんだ。でもあんたらに世話になったからって、これ渡しておいてって」

「そんな。貧血で倒れていたサクヤさんを見つけて部屋に運んだだけですよ」

あのあと目覚めたサクヤにはそう説明した。彼女は橋本の部屋へ行く前からの記憶を失っていた。自分が着物を盗んだことも覚えていない。

「なんか急におかあさんに悪いとか言い出して。マジかっての。さんざん田舎の悪口言ってたくせに」

「そうですか……」

篁はペットボトルに目を落とし、それからスピカに微笑みかけた。

「ありがとうございます。もしサクヤさんから連絡があったらそう伝えておいてください」

「連絡なんかないよ、きっと。ラインもうつながんないし。あいつ、仕事辞めてあたしたちを切り捨てたんだ」

乱暴な口調だったがどこかに寂しさがにじんでいる。

「ああ、そうだ。ちょっと待っててください」

篁はそう言うと部屋の中へ戻った。すぐにとって返した手の中に、胡洞からもらったカステラを一本持っている。

「これ、たくさんいただいたのでみなさんでどうぞ」

「え、いいよ」

「遠慮しないで。食べきれませんから」

「俺は食べるぞ！」

炎真が背後から抗議する。

「まだあるでしょう!?　さあ、あの人が食べちゃわないうちにどうぞどうぞ」

篁が押し付けると、スピカは渋々といった風情で受け取った。

「そんなに言うなら貰《もら》うけど」

「サクヤさんは連絡を断ってもあなたたちのことは忘れませんよ、きっと」

篁が慰めるように言うと、スピカの顔に血の気がのぼった。

「べ、べつに忘れてもらったって平気だよ！　関係ねーし！」

そう言い捨てるとさっと身を翻し、逃げるように隣の部屋に入った。

「エンマさま、カステラその箱だけになりましたから、僕の分、残しておいてくださいよ」

篁が振り向いて言うと、

「あ？　これで終わりだが？」

炎真は最後の一切れを楊枝《ようじ》で刺して持ち上げてみせる。

「ひどい！　僕、まだ一切れしか！」

「福砂屋はこのザラメがたまんねーな」

最後の一切れをペロリと食べて炎真はご満悦だ。その顔に窓から日差しが落ちている。

新宿の狭い空に見える太陽も、今、サクヤが実家で見ている大きな空にある太陽も、同じ強さで光を届けている。

サクヤは日差しに目を細め、母親に紹介されたスーパーの仕事へ向かうために駆けだした。

第二話

えんま様、ネズミ退治をする

more busy 49 days
of Mr.Enma

序

ジゾー・ビルヂングの三階には夜の保育園がある。

夜の保育園と言っても園児のコスプレをしたり、大人がおむつを当ててもらうプレイをする店ではなく、夜間保育園のことだ。

夜間に乳幼児を預かる施設は認可、認可外あわせて全国に七〇〇〇以上ある。この中で認可されている施設は八〇数件。認可外の施設はベビーホテルとも言われ、行政の指導監督基準に適合していないものも数多くある。公的支援が受けられないので運営費が厳しく、おまけにどこも保育士不足だ。

それでも夜間に子供を預かってほしい親は大勢いる。二四時間営業の仕事が増えたため、夜に子供の面倒を見ることがむずかしい人々だ。「核家族」が当たり前となり、むしろ死語になりつつある今の日本、コンビニやスーパー、飲食店、ドライバー、残業しなければいけない会社員、公務員——等々。

シングルであるため、パートナーに面倒を見てもらえない人もいるし、両親揃《そろ》っていても家にいることができない、という人もいる。

ジゾー・ビルヂング三階の保育園は年配の女性が個人で経営している。保育士は園長を含めて五人がシフトを組んで回しているが、子供の数が二〇人なので常にギリギリ。おそらく予算も危ない状況だが、地蔵が部屋を格安で提供しているためなんとか回っている。

ジゾー・ビルヂングに入居して子供の声がうるさい、と文句を言ってくる人間には、速やかに退去していただくようにしていると、炎真たちは最初に言われていた。

さすがにどんなにしぶちんでも、地蔵は地蔵、子供の味方だ。

七階の炎真たちの部屋でも、時折子供の泣き声が聞こえてくる。保育園は窓を開けてはいないのだろうが、子供の声は不思議と響くようだ。

一

ある日の夕方、炎真と篁は泣きわめく四歳くらいの子供と、困り切っている若い母親に遭遇した。歌舞伎町の路上のあちこちでは、客引き注意のアナウンスが流れているが、その大音量にも負けない泣き声だった。

男の子は灯《とも》り始めた街灯の柱に抱きついて甲高い声で泣いている。母親は大きな荷物を両手に持ち、その場に立ち尽くして息子を叱咤《しった》していた。

道を行く人々はそんな二人を気にも留めず通り過ぎてゆく。意味もなく周りに怒鳴り散らしながら歩いていく人間もいる街だ。そんなものよりは安全だとでも思っているのかもしれない。

「もう！　言うことききかないんなら置いてっちゃうよ！」

「いあーっ　いあああああ！」

「ここまで来てなんなの、勇吾《ゆうご》！　保育園すぐでしょ！　さっさと歩いて！」

「いああああっ、いああああああっ」

勇吾と呼ばれた子供は顔を真っ赤にして首を振った。

「いいかげんにしてよ！」

母親は両手に荷物を抱え、苛立《いらだ》たし気に子供を膝で強くこづく。手が空いていたら叩いていたかもしれない。

「おい」

炎真は母親に声をかけた。

「シンジュク・キッズに行くのか？」

シンジュク・キッズはジゾー・ビルヂングに入っている夜間保育園の名前だ。この近くで保育園といえばそこしかない。

「ど、どちらさま？」

母親はうろたえた顔で尋ね返した。

「俺たちはジゾー・ビルヂングの住人だ」

「あのー、お子さんとお話ししてもいいですか？」

篁は母親に断ると、泣いている子供の目の高さにしゃがんだ。

「わあ、これ何だろう」

篁がそう言って指さしたのは自分の手のひらだ。その手の中には金色の紙で包まれたコインチョコレートがある。

勇吾という子は泣きながらもその手の中を見た。篁は人差し指と中指の間にコインチョコを挟み、一度それを放って手の中に握り込むとぱっと開いた。そこにはあるべきチョコレートの姿はない。

勇吾がひくっとのどを鳴らす。

篁は右手を左手に重ねた。ぱっと外すと手の指の間に四個のチョコがある。それは次には消えて、右手に移っていた。

「あれえ、一個足りないなあ」

確かにチョコは三個しかない。

「もう一個どこかなあ、あ、そこかな？」

篁は勇吾のシャツの胸ポケットに手を入れた。そして中から取り出す。

勇吾は口をぽかんと開けて篁とチョコを見た。涙は目にあるが、もう泣いてはいない。

「さあ、この魔法の金貨をあげるよー」

篁は勇吾の手を軽く摑んで自分の方に出させた。そしてチョコを一個乗せ、一度握らせる。

「開けてみて」

勇吾が手を開くとチョコは二個になっていた。ぱっと彼の表情に光が差す。

「じゃあ一個ママにあげようね」

篁がそう言うと勇吾は笑顔で母親を見上げた。

「ママ！　まほう！　きんか！」

母親はあっけにとられて目の前の手品を見ていた。

「もう泣いてないね。じゃあ教えて？　どうしてそんなにいやだったの？」

篁がゆっくりと聞くと、勇吾はもじもじと下を向いた。

「保育園がいやなの？」

首を横に振る。

「……ママが」

「ママがいやだったの？」

その言葉に母親の顔色が変わる。勇吾は下を向いて小さな声で言った。

「ママ、ちがうの」

「違う？　ママが違うの？　いつもと？」

篁が母親を見ると、彼女は勢いよく首を振った。

「違うなんて。いつもと同じですよ」

「ちがうもん！」

すかさず勇吾が叫ぶ。また泣きそうな顔になったので、篁がその頭を撫でた。

「そっか、違うんだね」

優しく肯定されたことでほっとしたのか、子供は涙を見せなかった。

「……なにが違うっていうの……」

母親は疲れた声を上げた。意思の疎通ができずに精神的に追い詰められているらしい。

「おまえ、いつもそんな大荷物なのか」

それまで黙っていた炎真が母親の姿を見た。母親は大きなショルダーバッグと、図面などをいれるアジャスターケース、発泡ポリエチレンのカラーパネルを入れたバッグ、手作りのボードなど、かさばるものを両手に持っていた。

「え、いえ、これは……今日の会議に使うもので」

「それをこっちに渡せ」

「え？」

「いいから寄越《よこ》せ。それで普段の持ち物だけになってみろ」

炎真はそういうと、半ば無理矢理母親から荷物を奪った。それを見た篁が子供に話しかける。

「ほら、ママいつもどおりだよ。いつもとおんなじ」

勇吾はバッグだけを肩から下げている母親を見ると、おずおずと両手を伸ばした。

「ママ……、ぎゅってして」

母親は、はっと目を見開く。

「あ、そっか……今日……」

彼女はしゃがみこむと子供を胸に抱き、その背中に腕を回した。

「ごめんね、勇吾！　今日、ぎゅってしてなかったね！　だっこしなかったね」

「ママ」

息子は安心したように笑って顔を胸に埋める。

「荷物が多かったから、ハグできなかったんですね」

篁が慰めるように言った。母親は目に涙を浮かべてうなずく。

「普段と違うから不安になったんだ。子供は案外日常を覚えているもんなんだよ」

炎真がそう言うと、母親はなんども「ごめんねごめんね」と頰を摺《す》り寄せた。

炎真と篁は母親の大荷物を持ち、母親は息子と手をつないでジゾー・ビルヂングを目指した。母親は恐縮していたが、炎真は「その方が早い」と荷物を渡さなかった。

シンジュク・キッズのインタフォンを押すと、ドアを開けて顔を出したのは地蔵だった。炎真の姿を見て、地蔵らしくないしかめ面になる。

「おやおや、炎真さんに篁さん。なぜこちらに」

「こっちのせりふだ。なんでおまえがここにいるんだよ」

「私はこのビルのオーナーでござんすよ。部屋の見回りにきていてもおかしくないでしょう」

「見回り、なあ？」

炎真は黄色いエプロン姿の地蔵を眺めた。地蔵は下を向いて自分のエプロンを見たあと、ぽんと胸を叩く。

「見回りついでにときどきちょいとお手伝いを」

炎真の後ろから親子も顔を出して頭をさげる。

「ああ、内藤《ないとう》さん、いらっしゃい」

「こんばんは、地蔵先生。よろしくお願いします」

「先生？」

驚いて見返すと、地蔵は細い眉毛をはね上げて、

「保育士の資格くらい持っておりますよ」と答えた。

息子はママとお別れするときもぐずらず元気よく部屋に入った。

「こんばんは」

部屋の奥から年輩の、やはりエプロンをつけた丸っこい体形の女性が顔を出した。

「園長の大河原《おおがわら》さんです。大河原さん、これは私の知り合いで今七階に入居している大央さんと小野さんです」

「あらまあ、よろしくね。地蔵さんにはお部屋代をかなり融通してもらっている上に、ときどきこうやって臨時の保育士もやっていただいているんですよ。ほんとありがたいわあ」

園長の朗らかな声に、地蔵は「いえいえそんな」と手を振り、部屋の中へ戻ってしまった。

大河原邦子《くにこ》は福々とした笑顔の女性でモヘア毛糸のようなふわふわの髪がかわいらしい。色鉛筆でスケッチするのにぴったりのイメージの女性だった。

シンジュク・キッズの部屋は事務所二部屋分、ウレタンのジョイントマットが敷かれ、壁も暖かな色合いに塗られている。そこここに手作りのオーナメントや造花が飾られ、乳児から小学校に行っているような子供まで、数人がいた。

「おにーちゃん、てじな、やって」

送ってきた勇吾が篁の腕をひっぱる。もう片方の手は別の男の子の手を握っていた。

「サトちゃんにみしたげて」

サトちゃんと呼ばれた男の子は、勇吾にぴったりとくっついて、窺《うかが》うように篁を見上げていた。

「手品？　なんのことで？」

耳聡《みみざと》く聞きつけた地蔵が戻ってきて聞いた。

「実は……」と篁はさっきの出来事を話した。それを聞いて地蔵がうなずく。

「ならしばらく篁さんをお借りしてもよろしゅうござんすか？　炎真さん。今日、保育士のお一人が少し遅れてくると連絡があったんです、人手不足でしてねえ」

「ああ、かまわねえよ。飯を食いに行く時間に帰してもらえば」

地蔵は軽く頭をさげると、篁の方を向いた。

「篁さんにそんな特技があるなんて。私も器用な秘書がほしゅうござんす」

地蔵の言葉に篁は嬉しそうに首を振った。

「犬の目の前でおやつを消すっていう動画を見たんですよ。きょとんとする犬がかわいくて。僕もそれをやりたくて練習したんです」

動機がいかにも犬好きな篁らしい。炎真は手をあげて、保育園のドアを閉めた。


一時間くらいして篁が戻ってきた。

「保育士の河田《かわだ》さんがいらしたんで引き上げてきました」

髪の毛に毛糸でリボンがたくさん結ばれている。女の子たちのいいおもちゃになっていたらしい。

「お疲れサン。飯にしようか」

炎真と篁はぶらぶらとゴールデン街に出かけた。

街は小さな飲食店が隙間なく並び、夕方になると色とりどりの灯《あか》りで飾られる。バーやスナックが多いがうまい食事をとれる店もたくさんあり、新宿にいる間に片端から食べてみたいというのが炎真の野望だった。

ゴールデン街は六本の路地でできている。人がすれ違えるだけの細い通路の左右にぎっしりと店がひしめく。二階建ての店がほとんどで、江戸を知っている炎真からすると長屋のようにも思える。

路地を見上げると蜘蛛《くも》の巣のように電線が張り巡らされ、その向こうに花園神社の朱色の柱と白い壁が見えるのがなんとも不思議な光景だ。

小さなビストロで肉汁たっぷりメンチカツを楽しんだ後、隣の店のカウンターでコップワインをいただく。会社帰りのサラリーマンや学生、観光客などでワイワイとにぎやかだ。何度か火事も出したと言うが、このごちゃごちゃした感じがダンジョンで宝物探しをするような、知らない家の台所をのぞくような楽しさがあるのだろう。

「そういえばちょっと保育園で気になることを聞いたんですよ」

コップに氷を追加しながら篁が言った。

「今日、送っていった内藤さんの息子さん、勇吾くんに仲良しの男の子がいましてね」

「幼児の人間関係なんか興味はないぞ」

「その子がサトちゃん……悟《さとる》くんていうんですけど、おうちが怖いって」

「怖い？　そいつぁ……」

「あ、いえ、前の日陽《ひなた》くんのようなことはないですよ」

篁は以前吉祥寺で知り合った子供の名を言った。母親の愛人に虐待を受けていた子供だ。妹と一緒にコンビニで万引きをしようとしたところを炎真たちに止められた。

「おかあさんと二人でアパートに住んでいるんですけど、そのアパートになにか怖いものがいるって言うんです」

炎真は答えず眉をひそめただけだ。

「どんなものなのかはわからないそうなんですが、天井でガタガタ音がするって」

「鼠《ねずみ》だろう」

「それが」

篁は炎真に顔を近づけた。

「保育園に妖怪図鑑があるんですが、悟くんが教えてくれたんです……」

悟は部屋の中で背後を振り返りながら、その図鑑を開いた。まるで目を離したらなにかが背中からやってくるかのように。

「これ」

悟が指さしたのは鼠の顔に僧侶の袈裟《けさ》を身につけ人骨の山の上にいるもの。

「鉄鼠《てっそ》、だと？」

「ねずみなの？　ときいたらすごい真剣な顔で首を振って、オトコノヒトだと言うんです。押入れから顔を出していたって」

「そりゃあ」

炎真は軽く笑った。

「怖いな」

「怖いですよね……」

二

夜一一時、赤江楓子《あかえふうこ》はスーパーのパートを終えると、シンジュク・キッズから息子の悟を引き取った。日中の幼稚園が終わったあと、週に三回、夜間の保育園に預かってもらっている。

悟は楓子の運転する自転車の前部座席に乗り、今日保育園に来たおにいちゃんがとても手品が上手だったと嬉しげに話した。

六月の湿った風が額に汗を浮かす。これからどんどん蒸してゆくだろう。

アパートの階段の下に自転車を止め、郵便受けをのぞく。アパートはかなり古くて昭和四〇年代に建てられたものだ。郵便受けは赤い塗装が剝《は》げていて取り出し口の蝶《ちょう》番《つがい》も外れている。

建物は二階建てで、上下に三部屋ずつ。楓子親子は二階の真ん中の部屋に住んでいる。右隣には独身の男性が、左隣は長いこと空き室になっていた。

楓子は電気料金のお知らせを抜き取り、悟と二人で手をつないで階段を上った。

二階の廊下でガシャンと音がした。見ると隣の部屋の男が、黒いゴミ袋を持って部屋の前に立っている。

「も、もっと自転車静かに止めろよ、うるせえんだよ」

男は上背があり不健康な顔色で、髪が肩まで伸びている。おしゃれではなく、ただ切っていないだけなのだろう。きちんとすればそれなりに見られる顔をしているのに、無精ひげやだらしのない服装のせいで不潔な印象があった。

佐藤《さとう》、という名前であることだけは知っていた。いつも部屋の中にいて、なにをしているのかは知らない。

「あ、す、すみません」

楓子は悟を後ろにかばって頭を下げた。

「あと、その、毎日子供の声が、う、うるせえんだ！　静かにさせろ！」

「すみません」

「ええっと……そ、そうだ、朝出ていくときもバタバタしやがって」

「すみません、すみません」

楓子は身を縮めて頭をさげる。佐藤は他になにか言うべきことがないか探しているようだったがネタが尽きたらしい、やがてゴミ袋を持ってドタバタと階段の方へ走っていき、だが、立ち止まるとまた戻ってきた。

「あ、あの、えっと」

佐藤は自分の足元を見つめながら言った。

「こ、このアパート、出てった方がいいぞ」

「は？」

「いいからとっとと、出てけ！」

佐藤は怒鳴ったが、なんだか泣き出しそうな声だった。それから急いで階段に向かう。鉄階段を降りる大きな音に、悟がびくっとからだをすくませる。

「大丈夫よ、悟。おいで」

楓子が悟の手を引く。悟は佐藤の姿が消えた階段を見ながら、そろそろと足音を忍ばせて移動した。

「さ、おうちにはいろう」

悟は黙ってうなずく。声を出したらまたうるさいと駆け上がってくるんじゃないかと思っているのだ。

（なんなのかなあ、あれ）

言われなくても早く引っ越したい。朝、ゴミ出しにいくときも階段を降りる音がうるさいというし、休みの昼間テレビを観てててもうるさいという。前はいるかいないかわからないようなおとなしい人間だったのに、春頃から急に攻撃的になった。毎日意味もなく怒鳴られて、子供も自分も畏縮してしまう。最近の楽しみといえば、職場で賃貸情報の雑誌を見て新しい部屋をあれこれ想像することくらいだ。

そのうえ近頃は……。

楓子は台所に置いていた鼠用の捕獲器をもちあげた。金網でできた四角いシンプルなかご。購入したがまだ袋も開けていない。こんなきゃしゃなもので本当に鼠がとれるのだろうか？

楓子は悟と一緒に部屋に入った。玄関からすぐに三畳ほどの板張りのキッチンになっていて、すりガラスの向こうに六畳の畳の部屋、隣に四畳半のカーペット敷きの部屋がある。

洗面台で息子に手を洗わせ、その間に楓子は居間に入って扇風機のスイッチをいれた。クーラーを使うのはまだ早い。使い出せばいきなり電気代が跳ね上がる。ところが扇風機ときたらスイッチは押下できるのに、羽根が回らない。コンセントがはいっていなかったかとコードを引っ張って驚いた。コードが途中で切れているのだ。

まるで刃物で何度も傷つけたようにズタズタになっている。

「ええー、ひどいー」

楓子はペタリと畳の上に座り込んだ。こんな大きな被害は初めてだ。捕獲器を購入したことに対する仕返しだろうか。

「ママ」

洗面台から戻ってきた悟が切れたコードを見て、楓子にしがみついた。

「……大丈夫、大丈夫よ。鼠さんにかじられただけよ」

そう、鼠。鼠だ。

楓子は窓を開けた。そよとも風は入ってこないが、部屋の中にこもった空気は抜けるだろう。着ていたカットソーを頭から脱ぎ、デニムも脱いでタンクトップとショーツだけになる。

「悟ちゃん、お風呂入ろう」

夜遅いからお湯は溜《た》めずにシャワーだけを息子と一緒に浴びた。からだを湿らせている汗を流し、不安や怯えもシャンプーで洗い流す。

(絶対今日、捕まえてやる)

実は兆候はかなり前からあった。

考えてみれば半年前だ。

よく覚えているのはその日がクリスマスイブだったから。

イブなのに、いや、イブだからスーパーが忙しく、子供を迎えに行くのが夜の一二時になってしまった。

悟はキッズでもらったクリスマスプレゼントのぬいぐるみを抱えて眠っていた。ぐっすりと眠っている息子をダウンジャケットで包んで自転車の前に乗せて。寒い道を帰った。

(ごめんね、明日はケーキを食べようね)

心の中で謝りながら帰ったのだ。

部屋について布団に寝かせて、自分もその横に潜り込もうとしたとき。すりガラスの向こうで「トン」と重みのある音がした。

なぜか生き物だとわかった。

足で着地したと直感した。

楓子はガラス戸に背中を向けていたが、すぐに振り向けなかった。

一番怖かったのは、そこに人間がいたらどうしようということだった。

寝ている子供、パジャマ代わりのトレーナー姿の自分、周りになにも武器はない。錆《さ》びついたロボットのようにゆっくりと首を回したが、すりガラスの向こうは真っ暗でなんの音もしない。

そろそろと手を伸ばすと、枕元のティッシュの箱に触れた。

楓子はそれを掴むと思い切ってガラス戸に向かって投げつけた。

カン、と軽い音がした。

すりガラスの向こうではなんの動きもない。

楓子は息を吐き、膝と手を使ってガラス戸まで移動した。取っ手に手をかけ、思い切って勢いよく開く。

「――」

台所にはなにもいなかった。

電気をつけてあちこち覗いたり棚や流しの下を開けたりもしたが、なにもいない。

ようやく胸を撫で下ろして大きく息を吐く。

あの音はなんだったのか。

眠かったから、もしかして一瞬眠って夢を見たのかもしれない。

きっとそうだ。

楓子は居間を振り返った。

悟はよく眠っている。小さな胸が規則正しく上下しているのを見てほっとした。

息子のそばに戻ったが、なんとなくまだ怖くて、その夜は台所の電気は消さなかった。

音のことはそれからしばらく忘れていた。そのあと特になにもなかったからだ。

隣の佐藤もその頃はおとなしく、外で顔をあわせても無言で会釈する程度だった。得体がしれなくてちょっと不気味だったが、向こうからなにかするということもなく、ただの無口なお隣さんに過ぎなかった。

だが春になり、暖かくなってからおかしなことが起こりだした。

最初は楓子の下着が一枚なくなったのだ。三枚一〇〇〇円の下穿きだが、いくら探しても一枚足りない。

洗濯は近所のコインランドリーを利用するので、もしかしたらそこで忘れてきたのかもしれない、とあきらめた。

そのあと、息子の靴下が片方なくなった。

新幹線をテーマにしたアニメが好きだった頃買った、五足セットのもので、つま先まで列車の絵が描かれている。その中の北陸新幹線の絵の靴下がなくなってしまった。

「悟ちゃん、靴下どこにいっちゃったの？」

息子に聞いてもわからない。昼間の幼稚園か夜の保育園でなくしてしまったのだろう。

こちらもあまり深く考えなかったが、「かがやき」の靴下がはけなくなった息子は不満そうだった。

それが、意外なところで見つかった。

朝食の用意をしていたとき、切っていた人参《にんじん》の先っぽがまな板から床に転げ、冷蔵庫の下に入ってしまった。

食べ物を放置しておくと大嫌いな黒い虫が出るので、楓子は床に這《は》いつくばり、雑誌を畳んだもので冷蔵庫の下を払った。

すると人参の先にしては重いひっかかりがあり、引き出してみると下着と靴下だった。

「やだ、なんでこんなとこに」

いつの間にか落としてそれが入り込んだのだろうか。

そんなこともあるだろう、と楓子は靴下と下着を見た。どちらも埃にまみれていて、もう一度使いたいとは思わない。

「……あれ？」

靴下の先に穴が開いていた。

子供がよく開けるような大きな穴ではなく、小さな穴が二つ。

そして下着にも同じような穴が二つ開いていた。

このとき、楓子の頭の中で、クリスマスの日の夜の音と、穴がつながった。

（なにかいる）

それから日が一日進むごとに暖かくなり、そして「なにか」の気配が強くなってきた。

壁の中でカリカリと音がすることがある。

棚にたてておいたはずのホットケーキミックスの箱が床に落ちている。

三角コーナーの中から野菜くずが外に出ている。

「ママ……なんか、はしってる」

夜中、枕を並べて寝ていた悟が天井を見上げて言った。

楓子も聞いた。トトト、と天井を走る小さな音。

鼠だ。

きっと鼠がいるのだ。

スマホで調べると新宿区役所で鼠駆除の相談会などが開かれていた。昼間なので参加できなかったが、区役所が頻繁にそんな会を開いているのなら、どの家でも困っている、ということなのだろう。

実際、歌舞伎町を歩いていたり、地下鉄のホームで電車を待っているとき、鼠の姿を見かけることがあった。

パート先で相談すると、早く駆除した方がいい、と言われた。巣を作られてしまうと大変だと。

怖いこともあった。

なにか小さな音がして、なんの音かはわからなかったがなんとなく気になって布団から起きた。すると押入れの上の天袋の戸が少し開いていた。

閉まっていたはずだったのに。天袋は高い場所にあるから楓子では手が届かない。だから触ったこともなかった。

まさか鼠が開けた、のか。

楓子はぶるぶると頭を振った。そんなことがあるはずない。きっと、なにかの拍子で開いたのだ、そうに決まっている。よく考えたらそっちの方が怖いが、そのときの楓子にはそれ以上考えられなかった。

そのまま布団をかぶって寝ようと思ったが、開いた隙間から鼠が出てくることを考えたら恐ろしくなり、起き上がった。ちゃぶ台を押入れの下まで持っていき、その上に乗って指先で閉めた。このとき、同時に隣の部屋でどすんと重い音がした。

押入れ側の部屋は空き室のはずだった。このアパートの二階に住んでいるのは楓子と佐藤だけのはずなのに。

しばらく押入れの襖《ふすま》に耳を押し付けていたが、そのあとはなにも聞こえなかった。

そうだ、思い返してみれば隣の佐藤の様子がおかしくなったのはその頃からではなかったか？

ドンドンと壁を叩いたり、大きな音で音楽をかけたり、やがて暴言が始まったのだ。

顔を見るとなにか言ってくる。

困って一階に住む大家さんにも相談したが、「注意しておきます」と言われただけで、本当に何かしてくれたのかわからない。大家も六〇近い痩せた貧相な男だし、自分より背の高い若い男にはなにも言えないのかもしれない。

「あまり神経質にならない方がいいですよ。怯える女性を見て楽しむような人間もいますからね、気にしない気にしない」

一昔前のテレビアニメの主人公のような慰めに余計腹が立つ。

「鼠もいるようなんですよ」

とも言ってみたが、「そりゃあ大変ですねえ」と同情するそぶりを見せただけだった。

鼠の被害はさらに増した。

下着のなくなる頻度が増え、化粧品も荒らされた。床に落ちていた口紅は気持ち悪くてすぐに捨てた。

おとつい、決定的なことが起こった。

夜中に尿意に呼ばれた楓子は、疲れて重いからだをようよう起こし、トイレに行った。トイレから出て電気を消した瞬間、足の上をなにかが通り過ぎたのだ。

「……きゃ、」

本当に驚いたときは大声など出ないものだ。のどの奥で楓子はつぶれた悲鳴を上げた。

トイレをすませててよかったと一瞬思った。トイレの前だったら漏らしていたかもしれない。

そのあと台所の電気をつけたが、やはりなんの姿もなかった。

心臓がドキドキして、からだが震えた。

居間に入ってガラス戸の前にちゃぶ台を立てかけた。バッグや服を積み上げた。もう一刻の猶予もない。鼠は病原体そのものなのだ。自分も子供も守らなければ。

それで昨日ようやく鼠捕獲器を購入したのだ。

シャワーから出て、楓子は自分のからだを簡単に拭くと、息子をバスタオルでくるんだ。そのまま抱きかかえて布団に直行する。

「悟ちゃん、おねんねの準備しようね」

そう言うと息子は自分でパンツをはいてパジャマを着てくれるようになった。去年はできなかったことが今年はできている。成長が嬉しい。

パジャマのズボンにてこずっている息子を見ながら、楓子は自分も下着と、出しっぱなしのTシャツを身に着けた。ようやく悟もパジャマを着終わった。

そのとき、カタリ、と玄関の外で音がした。楓子ははっと振り向き、あわててスエットのパンツに足を通した。

い。


「誰かいるの？」

ドアに向かって囁《ささや》く。返事はなかった。

ラップの箱を手にして玄関のノブに手をかける。耳を押し当てたがなにも聞こえない。

「誰!?」

思い切ってドアを開けたが外には誰も——なにもいなかった。

佐藤の部屋は明かりがついていて、反対側の空き部屋は真っ暗だ。廊下には小さな白熱電球がひとつ、弱々しい光を投げかけている。

楓子は鼻から息を吐いてドアを閉めた。

「よし」

くるりと背を回し、台所に置いていた鼠捕獲器をとりあげる。

「悟ちゃん、これで鼠を捕まえるからね」

かごを目の前に掲げ、じっくりと見る。しかしここに入っても自分で殺すことはできない。区役所に持っていったらなんとかしてくれるのだろうか？

悟は不安そうな目でそのかごを見あげた。

「ちいちゃいよ……」

「そう？　でも鼠なんだからこのくらいの大きさでしょ」

言いながら楓子もおとつい足の上を過ぎていったものは、もう少し大きなもののような気がしていた。

「もっとおっきい」

「悟ちゃん、鼠見たことあるの？」

楓子が聞くと悟は暗い目でうなずいた。

「もっと、おおきかった……」


楓子は捕獲器を流しの下に設置した。その中には、空き缶にツナと野菜くずをまぜたものが入っている。

台所と居間を隔てるガラス戸には、簡単に開けられないように床掃除用のフローリングモップでつっかえぼうもした。

「明日、捕まってるといいねー」

そんな風に息子に話して母親は眠りについた。

夜遅く、なぜか悟は目を覚ました。シンジュク・キッズでたっぷり眠ったせいかもしれない。顔になにか冷たいものが落ちたせいかもしれない。

悟は目を開けて隣を見た。母親の顔の形が見えた。ほっとしてすり寄ろうとしたとき、その目が真上の天井を捉えた。

天井に顔があった。

黒い顔だ。

前に押入れから覗いていたものと同じだとわかる。

黒いのに目があることがわかった。

その目は母親を見ていた。

悟は母親を起こそうとしたが、恐怖で体がこわばり動くことができない。じんわりと尻の下が熱くなってきた。おもらししてしまったらしい。

天井の顔の、口のある部分からぽたりと垂れてきたものがある。その液体は母親の枕に、髪に、そして唇に落ちた。

「うーん……」

母親はうめいて横を向いた。

悟はまだ身動きもできず、その黒い顔を見ていた。黒い顔はしばらくそのままそこにあったが、徐々に小さくなり、やがて消えた。

天井が一部分開いていたが、それは見ているうちに埋まってしまった。

「……」

悟は口からはっはと短い息を吐き、母親の背中にしがみついた。

三

炎真と篁は新宿ゴールデン街でカレーが人気の店を三軒はしごした。最近はカレー激戦区となっているらしく、どの店もユニークなカレーで攻めてくる。

「いや、俺、三日くらいカレーが続いてもいいな」

炎真は丸くなった腹を撫でながら笑った。篁の方は三軒目ではワインだけを飲んでいた。つまみは自家製福神漬け。

ゴールデン街の細い路地は外国人観光客で混み合っている。彼らは大声で騒ぎながらスマホの白く光る画面を頭の上にかかげていた。遠目から見るとなにか得体のしれない儀式のようだ。

ジゾー・ビルヂングに入ろうとしたとき、待ち構えていたようにスマホが振動した。取り出すと画面には『地蔵』と表示されている。

『ちょっと、シンジュク・キッズまで来ていただきたいんですけど』

炎真はスマホを耳に当てて三階を振り仰いだ。

「なんだ、地蔵。おまえ、またそこにいるのか?」

『いいから来ておくんなさい』

炎真は篁に肩をすくめてみせ、エレベーターの箱に入ると、三階のボタンを押した。

「子供たちはみんな寝ているからお静かに」

人差し指を唇の前に立て、地蔵はシンジュク・キッズの扉を開けてくれた。二二時を過ぎているので中は薄暗く、子供たちは並べられた布団の上で眠っている。

夜間保育では遊びや教育よりも、子供たちが穏やかに日常の生活を送れることに重点を置いていた。食事、お風呂、テレビ、絵本の読み聞かせ、手遊びなどの室内遊び、二〇時を過ぎればもうお休みの時間になる。

「どうしたんですか?」

篁は子供たちを起さないように小さな声で聞いた。

「赤江悟くんが家に帰りたくないと言っておりまして」

地蔵も小声で答えて室内を振り返る。

「今日、来たときからお泊まりしたいと言って。それにママも一緒に泊まらせたいと執拗《しつよう》に」

「ママも一緒に?」

「ひどく怯えていて……うちが怖いと」

子供たちは薄いタオルケットをかけて思い思いのかっこうで眠っている。悟は仲良しの勇吾とくっついて眠っていた。胸の前に両手を組み、腰と膝を曲げて、まるで胎児のようだ。

「眠るのも怖がって……私の子守唄でようやく眠りました」

「地蔵の子守歌かよ、そりゃ一撃だな」

「おうちが怖いという理由は聞かれたんですか？」

地蔵は小さくあごを引いた。

「お化けがでると。例の……」

「鉄鼠か？」

「ええ。しかもそれはママを食べるんだと言っています」

地蔵が炎真の目をじっと見つめてくる。炎真は顔をしかめて手のひらを振った。

「俺になにをさせようっていうんだ」

「話が早いですねえ、さすが炎真さん。悟くんとママを送っていってお化けというのを退治してきてくださいませ」

炎真は前髪の下から胡乱《うろん》な目つきで地蔵を見た。

「おまえ、本気でお化けとやらがいるって思っているのか？」

地蔵は軽く肩をすくめる。

「もしかしたら霊かもしれないでしょう。迷っている霊がいれば彼岸へ連れて行くのが炎真さんのお仕事」

「だからそういうのは死神の仕事だろう。やつらが取り逃がしたんだからやつらに命じろよ」

「霊じゃない場合は死神では対処できないんですよ」

炎真と地蔵が睨みあっているところに篁が顔を出した。

「エンマさま、僕からもお願いします。悟くんを助けましょう」

その掌《てのひら》にはいつ買ったのか、有名ショコラティエの手による色鮮やかなマカロンが載っている。

「おまえな。俺がいつもいつも菓子で動くと思ったら……」

篁が右手を左手の掌にかぶせると、開けたときにはもう一個増えていた。

「……それも練習した手品か」

炎真は篁の手の上からマカロンをとりあげ、口の中に入れた。サクリと嚙んで中のチョコレートを味わう。

「母親が見ず知らずの男に鼠退治を任せるっていうんならな」

「……それは私に任せていただきましょう」

地蔵はにこりとする。歌舞伎町のあちこちに掲げられているホストの写真より、彼の笑顔の方が女性の心を惹きつけそうだ。

アパートまでの道すがら、炎真と篁は楓子から鼠の被害の話を聞いた。

今から思えばあれが最初だったのかも、と印象深かった夜中の音のこと、なくなった下着が思いがけない場所から出てきたこと、壁の中の音、天井の音、散らかった三角コーナー、荒らされた部屋のゴミ箱、化粧品、開いていた襖、切れたコード。

「鼠が襖を開けますかね？」

篁が首をひねる。

「もしかしたら猫かな、と思ったこともあるんです」

楓子は自転車のハンドルをぎゅっと握った。

「おとつい、私の足の上を通っていったものは、鼠にしては大きかったんですよ」

眠って起きない悟は自転車の前部座席に乗せられている。頭にかぶった大きめのヘルメットがグラリグラリと揺れていた。

「姿は見なかったんですね？」

「電気を消して真っ暗になったときでしたから」

楓子は首筋の汗を手の甲でぬぐった。

「大きかったから一瞬猫かな、とも思ったんです。でも猫なら鳴き声が聞こえるでしょう？」

そこまで言って楓子ははっとした顔をした。

「そういえば鼠の声も聞いたことないわ」

「鼠がどんなふうに鳴くかご存じですか？」

「え？　ちゅーちゅーでしょ？」

楓子は疑いもしない顔で首をかしげた。

「これが意外とそうは聞こえないんです。どっちかというとキーキーですね。発泡スチロールを擦るような甲高い声なんですよ」

「へえ……でもそんな音も聞いてないですよ」

楓子は息子に比べて怯えているようには見えなかった。しょせん鼠だと思っているのだろう。だが、鼠は鼠でも悟が主張しているのは「鉄鼠」だ。

鉄鼠の謂《いわ》れはいろいろあると言われている。最初に悟がその妖怪を指摘したとき、炎真は胡洞を呼んで聞いてみた。

「そうねえ。一番古い話に出てくるのは『平家物語』よ」

胡洞は眼鏡のブリッジを押し上げて言った。この日も胡洞はティーセットを運び込み、炎真たちに紅茶をいれてくれた。

「平安時代、頼豪《らいごう》って僧侶が白河《しらかわ》天皇の命で皇子《みこ》が生まれるように祈禱《きとう》したのよ。だけど、無事皇子が生まれた後、天皇が約束の寺院建立を叶《かな》えなかったの。で、それを恨んで自死、のちに皇子を祟《たた》ったという話ね」

「僧侶のくせに祟るなんて、悟ってなかったのか」

炎真は花びらのように薄い陶器のティーカップに口をつけた。

「寺院建立を邪魔したのは対立してた勢力だとお話の上ではそうなっているわ。僧侶も天皇も皇子も実在してたけど、年代が違うからフィクションね」

胡洞は眼鏡の中で炎真にウインクした。

「その後、僧の怨念が巨大な鼠の姿となり、対抗勢力の寺院の経典を食い荒らした、と書いたのは『源平盛衰記』」

「他の資料にも出てくるんだな」

「そうなの。いろいろと姿を変えてね」

胡洞は肩の上でうねる縦ロールを指に絡め、ぐいんとひっぱった。

「他には鉄鼠が数千匹の鼠の大軍を率いて比叡山《ひえいざん》を襲っただの、八万匹の鼠が田畑を荒らしただの」

「日本は昔から鼠の被害が多かったからな。妖怪と結びつきやすかったんだろ」

鼠に襲われて稲を根こそぎ喰われ、飢え死にした人間が昔は何人も、何十人もいた、と炎真は思い出す。

「そうだと思うわ。人間は不幸な出来事には理由や原因をこじつけたいものよ。後には平家物語とはまったく関係なく、鼠が死んだ僧を食べて化けたとか、僧が邪法で鼠に化けたとか、いろいろと芝居や絵物語で描かれるようになったんでしょ」

胡洞もはっきりとしたことはわからないらしい。

しかし、誰もが信頼し気を許す僧侶の衣をまとい、ヒトをおそう鼠の化け物、というのは、ある意味、非常に人間らしい妖怪と言える……。

「あの、ほんとに鼠退治するんですか？」

アパートの前まで来て、楓子は今更そんなことを言い出した。地蔵に説得されて連れてはきたが、いざアパートまでくると、見ず知らずの他人を部屋にいれることに抵抗が出てきたのだろう。

「悟くんがとても怖がっていますからね。鼠とりに入っていたら僕らも帰りますよ。でもいなかったらちょっとお部屋を見せてください」

穏やかだが断らせない強い意志を乗せて、篁が言う。

「でも……、……まあ……地蔵先生がおっしゃっていたし……地蔵先生のお知り合いなら……」

楓子は逡巡《しゅんじゅん》する顔を見せたが、地蔵の名前を念仏代わりに唱えて、ようやく心を決めてくれたようだ。

階段の下に自転車を止め、寝ている悟をおろしていると、アパートの下の階のドアが開いて小柄な男が顔を出した。

「あ、大家さん……」

「なんだか騒がしいと思ったら赤江さんかい」

大家は不審げな顔で楓子と、そばに立つ炎真と篁を見た。

「すみません。ええと、この人たちは……」

「鼠の捕獲にきた業者です」

篁がにこやかな笑顔でさっと言った。

「時間外なのでこんな格好ですみません」

確かに篁はシャツにハーフパンツだし、炎真はカットソーにデニムで、しかも、不愛想な顔で尻ポケットに手をつっこんだままだ。大家の眉がますますひそめられるのも無理はない。

「鼠がいるってお話ししましたよね」

楓子は主張した。頼りになるのは大家さんだけなのに、なにもしてくれなかったですよね、という意味をにじませる。

「鼠は……そのうちいなくなるって言ったじゃないの」

大家は顔を歪めて吐き捨てた。唇をとがらせると、なんだか鼠めいて見える。

「被害が大きくなっているんです、ものがなくなったりコードがかじられたり」

「扇風機のコードをかじられたくらいでなんだい、食べ物を出しっぱなしにしたり、不潔にしたりしてるからじゃないの？」

「そんなことしてません！」

楓子は怒鳴った。眠っていた悟がびくっとして目を薄く開ける。

「あ、ごめんね、悟。起こしちゃった？」

楓子に抱かれた悟は、最初自分がどこにいるかわからなかったようで、うろうろと視線を飛ばした。その目がアパートと大家を見つけると、いきなり背をのけぞらせた。

「いやあああっ！　こあああいっ！　おうち、いやああ！」

火がついたように泣くとはこのことか。悟の悲鳴が夜空に響く。

「さ、悟！」

楓子はあわてて息子の口をふさいだ。悟はいやがって身をよじる。

「うあああっ！　いやあああっ！」

「悟、静かにして」

炎真が息子をゆすりあげる楓子の腕を止めた。

「鍵をよこせ。あんたは息子をつれてここから離れろ」

「え、でも」

炎真はパニックを起こしたように泣き叫んでいる悟に目をやった。

「このままじゃ泣きやまない。俺たちが部屋を見て鼠とりを確認してくる」

「でも！」

「他人を部屋にいれるのは女として抵抗があるのはわかる。だが、このままでは部屋に入れない。……鍵を渡せ」

炎真は楓子の目を見つめ、声に力を込めた。楓子はぱちんと一度まばたきをすると、のろのろとした動きでバッグをさぐり、中から鍵を出した。

「おまえは息子を連れてそのへんを歩いてこい」

「はい……」

楓子はうつろな顔で答えると泣き続ける子供を抱いて歩きだした。大家はうろたえた様子で炎真と楓子の背中を見比べる。

「あの女から鍵を借りた。部屋にはいるぞ」

「あ、あんた、ほんとうに鼠駆除の業者なのか」

大家が当然の疑問を口にする。炎真はにやりと人の悪そうな笑みを浮かべた。

「今はそうだ」

鍵についたリングを人差し指にひっかけ、炎真はチャリ、とそれを回した。

二階にあがると楓子の部屋の隣のドアが開いた。彼女から話を聞いていた佐藤という男だろう。

佐藤は炎真と篁を怖いものでも見るような目で見た。炎真が見つめ返すと一瞬びくりと身をすくませたが、小さく頭をさげて会釈した。そのあと慌てたようにドアを閉める。

炎真は鍵を開けて室内に入った。中はまっくらだったが炎真や篁の目にはよく見えた。

「やっぱりカラだ」

流しの下の鼠捕獲器を軽くつま先で蹴って、炎真は言う。

「話を聞いていると鼠じゃない気がしますね。とくに下着や靴下にあいた二つの穴。鼠の歯は前歯が揃っているんですよ。赤江さんの話ではぽつぽつと間隔が空いていたということですし」

篁の言葉を聞きながら、炎真は居間に入って扇風機のコードを手にした。切り口を見る。

「なるほどな」

篁は押入れを開けた。身軽に上段に上るとその上の天袋に手をかけ、開ける。

「どうだ？」

「エンマさま、ちょっと手を貸してくださいよ」

「おう」

炎真は篁の足を持つと、そのままぐいっと持ち上げる。篁は頭を天袋につっこんだ。

「なにかあるか？」

「――はい、ああ、足跡がありますね」

「捕まえられそうか？」

「やってみます」

篁はいったん、押入れから降りた。壁に向かって手を軽く回すと、そこに、闇よりもまだ暗い穴が開く。

「おいで」

篁が呼ぶとはっはっと何かの息づかいが聞こえた。篁は手を穴に伸ばし、そこから一匹の小型犬を掴みだした。耳は三角に垂れ、白と灰色の長い毛が全身を覆っている。目の上の飾り毛と豊かな髭のせいで、かんしゃく持ちの哲学者のような顔に見えた。

「よしよし、よく来たね」

篁は犬の頭を撫で、顎の下をくすぐる。犬は篁の顔をなめ回した。

「じゃあ頼むよ」

篁は犬を抱き、再び炎真の力を借りて天袋の中に体をいれる。天袋の上の天井の板をいくつか押すと、一枚があっさりと動いた。

「おいき」

その中に犬を放すと、犬はたっと屋根裏に飛び出す。

篁が床に降りるとすぐに天井裏をどたばたと走り回る音がした。

「大丈夫なのか？　ずいぶん小さい犬だったじゃないか」

「大丈夫ですよ、一応地獄の犬ですし、ミニチュア・シュナウザーはヨークシャー・テリアやラット・テリアと同じように、素穴にもぐって鼠を捕まえるために作られた犬です。狭いところも暗いところも……」

蘊蓄《うんちく》を語っているうちに、ドスンバタンと大きな音が聞こえてきて、やがて、しん、と静かになった。

「やったかな？」

見上げていると天井裏からシュナウザーが顔を出した。その口になにかくわえている。

「ようし、いい子だ」

篁がほめるとシュナウザーはそれをくわえたまま天袋に降り、それから篁の腕をめがけて飛び降りた。

「おっと」

シュナウザーの口にくわえていた長いものが篁の胸を打つ。篁は犬を抱いて、その獲物を片手でつまんだ。

「やっぱり鼠じゃなかったですね」

篁の手にぶらさがっているのは頭からしっぽの先まで四五センチはあろうという、イタチだった。


楓子はアパートの近くにある児童公園のベンチに座り、胸に抱いた悟を揺すっていた。

歩いているうちに安心したのか、悟は泣きやみ寝てくれた。そろそろアパートに戻っていいだろうか。

あれ？　なんで私、あんな子供の言うことを聞いているの？　子供、よね？　大学生くらいかしら。篁さんて人は礼儀正しいけど、あの子は生意気で嫌いだわ……。

息子を起こさないようにそっと立ち上がる。公園の入り口までいったところで見知ったシルエットが浮かび上がった。

「退治しましたよー」

篁が鼠捕獲器を持ち上げてみせた。カゴの中は真っ黒になっている。

ちょっと待って。なにあれ、なんであんなにみっちり詰まってるの？

「鼠じゃなかったぞ」

炎真が言った。街灯の下で捕獲器を見せられ、楓子は小さな悲鳴を上げた。

「なにっ、これ！」

「イタチです」

「イ、イタチ？」

捕獲器の中で窮屈そうにとぐろを巻いているのは確かに鼠ではない。

「イタチって、山にいるものじゃないの？」

「最近は都会でも見られるそうですよ。イタチにハクビシン、狸《たぬき》、アナグマ……。人が多いところは餌も豊富ですからね」

「イタチ……」

この大きさなら押入れも開けられるだろう。コードも切ってしまうかもしれない。

けれど。

楓子はイタチを見た。目を閉じてぐったりしている顔は愛らしい。

なんとなく違う。こんな愛らしい姿をした動物が、あんなことをしたとは思えない。

あんなこと？　あんなこと……。

違和感を覚えること。

そうだ、ほんとうは感じていた。

化粧品や居間のゴミ箱の散らかり方、下着の紛失。なんとなく、わかっていてやっているような感じがしたのだ。だけど考えることが怖くて鼠の仕業と思いこもうとしていた。

「これで終わりじゃない」

楓子の思考にとどめを刺すように、炎真の鋭い声がした。

楓子は顔をあげた。

炎真はじっと楓子を見つめていた。

四

あの女がイタチを捕まえたと見せにきたときは驚いた。てっきり鼠だと思っていたのだ。

イタチは害獣だが、捕まえたり殺したりすると条例違反になってしまう。ただし、イタチがうっかり捕獲器にはいってしまった、というなら「それはそれで」と問題なくなる。

いい加減なものだ。

区役所に連絡するとすぐに引き取ると言ってくれた。女──楓子はこれで安心しただろう。

だが鼠……いや、イタチか。そいつがいなくなるとやりにくくなる。下着もゴミも今まではイタチのせいにできていたのに、これからは用心しなければならない。

楓子が鼠退治の業者……いや、きっとあのあばずれのオトコだ、そいつらを連れてきたときは驚いた。あいつにあんなオトコたちがいたなんて。

どうりでいつまでも俺に対する態度が他人行儀だと思った。なにかあったら頼るのはすぐそばにいる俺じゃないか。なのにあんな若造たちを。

あれから一週間たった。

用心のため大人しくしていたが、そろそろいいだろう……。

男は黒い上下に着替えると脚立に上って天井の板を押した。板はすぐに外れた。

それから開いた穴の中に上半身を入れる。両手を使って腰から下も引き上げ、埃っぽい天井裏に腹ばいになった。細い懐中電灯を口にくわえ、肘と膝を使って隣の部屋に進んでゆく。

楓子は一時間前に帰ってきた。

彼女は帰るとシャワーを浴びてすぐに寝てしまう。今はもうぐっすりのはずだ。

今日はどこから楓子の様子を窺おうか。天袋だと戸を開けなくてはならない。やはり顔の真上の天井板を外すか。

初めて会ったときからこの女に惹かれた。案外と隙のある女は窓を開けたまま着替えることもあり、それを覗き見したのが最初だった。自分に気づかず無防備にふるまう女をこっそり覗いている、という行為にとてつもない興奮を感じた。

そのうちもっと近くで見たくなり、屋根裏に上がることを思いついた。テレビでそういうホラー映画をやっていたのだ。

そっと覗いているうちに、楓子が鼠がでると言うようになってきた。きっと自分のたてる物音を鼠と勘違いしているのだろう。

だったら鼠のせいにしよう。

男は楓子が留守の間、大胆にも部屋の中に降りて、下着に触れたり、その匂いを嗅いだりした。ポケットにいれたこともある。化粧品の匂いをかぎ、口紅を自分の唇に押し当てた。楓子が別れた旦那と連絡をとった形跡がないかとゴミ箱を漁《あさ》りもした。

鼠に怯える楓子の顔がかわいらしくて、もっと怖がらせたかった。

扇風機のコードを切ったのは、そうすれば彼女が裸でうろうろすると思ったからだ。そのうち服も着ないで寝てしまうだろう。

予想は当たって楓子は小さな下着一枚で歩き回ってくれた。形のいい小振りの胸が揺れているのを見て、男はあふれる唾液を我慢できなかった。股間もはちきれんばかりだった。

楓子は新しい扇風機を買った様子はない。きっと今日も暑さに耐えかね、裸のままだろう。

ずりずりと天井裏を這っているうちに、男は妙なことに気づいた。楓子の部屋に着かないのだ。

天井裏はどこも同じ造りのため、男は目印として柱に赤い布を結んでおいた。いつもなら少し進めばくわえた懐中電灯の光の中にその布が見えるはずなのに、いつまでたっても目印が見えない。

(方向を間違えたのか?)

男は口から懐中電灯を外し、手で持って別の方向を照らしてみた。

(え?)

照らした方はずっと遠くまで同じ組木が続いている。あわてて前の方、そして左右を照らしても果てしなく広がっている。

屋根を支える小屋梁《こやばり》、天井板を取り付ける野縁、そして天井板。それらが延々と前方に後方に、そして左右に広がっていた。

（なんだこれは）

三部屋しかないアパートのはずだ。こんな光が果ても届かない空間ではなかった。

男は見知らぬ空間に恐怖した。

（戻らなきゃ）

方向を転換して這い続けたが、自分がいったいどこからあがってきたのかもわからない。

（バカな、そんなバカな……！）

チカリと向こうの方で何かが光った。男はその光に希望を見いだした。

「た、助けて……っ」

そっちの方に体を動かしだして——男は息を呑む。

「へ、」

蛇だ。

蛇の群れが鎌首をもたげて男を見ている。光ったのは蛇の目だ。

「うわあああっ！」

ざらららと蛇の腹が床を擦《こす》る音がした。蛇の群れがいっせいに男に向かってくる。

「うわああっ！　うわああっ！」

男は悲鳴をあげ、反対方向にからだを回して逃げ出した。逃げ出すといっても立つこともできない天井裏、肘で上半身をひっぱり膝で下半身を動かし、それこそ蛇のように這いずった。

「だれか！　だれか！」

自分が楓子の部屋に忍びこもうとしていたのも、もうどうでもよかった。蛇の群れに襲われるよりましだ。

がくん、と腰に衝撃が走った。何かで挟まれている。

目を見開いて振り返ると、
巨大な蛇が――

真っ白で目が黄色で天井裏の高さいっぱいの大きさの蛇が――

男の腰を飲み込んでいる。蛇が蠢動《しゅんどう》するたびに、男のからだは蛇の方に引き寄せられていった。

「ぎゃあああっ！」

男は両手をめちゃくちゃに振り回し、声の限りに叫んだ。

「たすけて！　たすけてええっ！」

「――ですか！」

「……っかり！」

誰かの声が聞こえた。男は目を開けた。とたんに眩《まぶ》しい光が目を射た。ハレーションを起こしたように目の前が真っ白になる。振り回していた腕がしっかりと掴まれた。

「もう大丈夫ですよ」

なんとか目を開けると、そこに警察官の姿が見えた。男は歓喜した。

「たっ、たすけて！　蛇が！　蛇が！　俺を飲み込もうとしている！」

「落ち着いてください。まずはそこからでましょう」

「蛇が俺を！」

警官が男の腕を引く。眩しい光が顔からそれて、男は自分がアパートの二階の空き部屋にいることに気づいた。空き部屋の天井から上半身を出していたのだ。

「えっ、な、なんで」

「出られますか」

警官は辛抱強く男が落ち着くのを待っている。

「でも蛇が」

「蛇なんていませんよ」

男は警察に助けられて天井裏から出た。畳の上に腰を下ろして一息ついていると、玄関の開いたドアのところに楓子が立ち尽くしているのを見た。

「……なんてこと」

楓子は手を口に当てて呟いた。

「大家さん、だったなんて」

楓子の後ろに佐藤も立っている。怒ったような険しい顔をしていた。

「ち、違うんだ」

大家は首を振った。

「違う、これはなにかの間違いで……そうだ、蛇が、天井裏に蛇が」

「さあ、お話は署で聞きますから」

警官が大家の腕を取って立たせる。

「違うんだ……」

大家は弱々しく呟きながら警官に連行されていった。その後ろ姿を楓子と佐藤は見送った。

「大央さんが終わりじゃないって言ってたけど……まさかこんな」

楓子は顔を覆って壁に身をもたせかけた。

「――すみませんでした」

急に佐藤が謝ってきて、楓子はびっくりして顔を上げた。

「なんですか」

佐藤はぎゅっと目を閉じたまま、早口で、けれどつっかえながら言った。

「い……今まで怒鳴ったり嫌がらせをしたりして……僕はあなたがそれでここから出ていってくれればいいと……思って」

「どういうことですか」

「大家があなたの部屋の周りをうろついているのを……知っていたんです」

楓子は目を見張った。佐藤はそんな楓子に頭を下げた。

「郵便物を覗いていたり、ゴミを漁っていたり……窓の外にいたり。でもあなたに危害を加えている証拠はなくて……だから」

「だから、私を脅かしてアパートから出そうと」

「ほ、ほんとに、いやな思いをさせて……すみませんでした。僕にもっと勇気があれば、大家にそんなことは止めるよう言えたんですけど……ひ、人と話すのが……あまりできなくて……」

さらに深く頭を下げる佐藤を見て、楓子は呆然としていた。信頼していた大家が屋根裏を這いまわる変質者で、毎日怒鳴ってきた男が実は心配してくれていたなんて。

「……遠回しすぎるわ」

「す、すみません」

「わかりにくいし」

「すみません」

佐藤は頭を下げ続けている。つむじを見つめているのも飽きた。楓子はため息をついてその頭に言った。

「髪を切って、髭をそれば？　ずいぶんすっきりすると思うよ」

「は……」

佐藤は頭を上げ、びっくりした顔をした。そのあと、照れくさそうに笑う。あら、けっこう笑顔はかわいいわね、と楓子は思った。


アパートの屋根の上で炎真と篁はパトカーの回転灯が明滅しているのを見ていた。炎真の腕には小さな白蛇が一匹、巻き付いている。

「ご苦労だったな」

炎真は蛇の顎の下を人差し指で撫でた。蛇は目を細め、炎真の指にすり寄る。十一《じゅういち》焰処《えんしょ》という無間地獄に棲《す》む蛇で、篁の犬と同じく地獄から喚《よ》び出した。

「エンマさまは最初からあの大家を疑ってらしたんですか？」

「あいつ、扇風機のコードと言ったからな」

炎真は手の中から蛇を消した。地獄へ戻したのだ。

「楓子はなんのコードかは言っていなかった。それに切れたコードを見たとき、獣の噛み痕にはどうにも見えなかったしな。誰もが信頼する衣をまとった化け物、悟があいつを〝鉄鼠〟だと感じたのは偶然にしろ当たっていたな」

「僕が天袋の上で見つけた跡は、イタチの足跡と人間の手の跡でした」

「警察が調べればべたべたと指紋も出てくるだろうよ」

「でもこれであの大家が反省しますかね？」

「ふん」

炎真は笑う。

「するかしないかは本人次第だ。そのうち地獄で会えるだろう。だがまあこれ以上罪は犯さないように、地蔵がなんらかの手を打つと言っていたな」

終

アパートから住人の姿が消えた。赤江親子も佐藤も引っ越した。一階にいた二組の居住者も、夏が本格化する前に転居した。

大家は不法侵入とつきまとい行為の罪で起訴された。だが住居侵入の他は覗き見と下着の窃盗だけという判断で、楓子の望みよりははるかに軽い刑罰だった。大家は罰金を払い、楓子に詫び料という名目の金銭を渡した。楓子は突き返したい心情だったらしいが、引っ越しのことを考えてしぶしぶ受け取ったと弁護士が言っていた。

空っぽのアパートで、大家はしばらくは部屋を掃除する毎日だった。

やがてアパートに新しい住人が越してきた。しかも若い女だ。地蔵不動産というところから紹介されたという。

サングラスに白杖《はくじょう》の目の不自由な女性で、どこかしらはかない陰のある風情が、大家の胸に再び暗い欲望を芽生えさせた。

女が部屋に入った時、こっそりと窓から覗き見ようとした。しかし、細く開けた窓の隙間からは、中にいるはずの女が見えない。

(おかしいな)

そのとき、壁についた手のひらの下でかすかに蠢《うごめ》く感触があった。

(虫か?)

慌てて手をどかしたが、壁の上にはなにもいない。手のひらについたのかと手をひっくり返して、心臓が止まるほどに驚いた。

手の真ん中に目があった。

まつげもはえたそれは大家を見てゆっくりと瞬《まばた》きした。

「ひええっ！」

思わず手を振るとその目は消えた。

その日から、大家は「眼」に悩まされるようになった。

部屋に一人でいると天井に、壁に、畳に、目が現れる。時には自分の膝に、手に、顔を洗ったときには頬に、頭に手をやるとぺたりと湿っぽい感触があることもあった。

障子のひとつひとつのますに目が現れては消えることもある。

覗きの罪の意識がそんな妄想を生むのだろうと、精神科の医者に薬ももらった。だが、どれだけ薬を飲んでも「眼」はついてまわった。

「勘弁してくれ」

大家は布団をかぶって部屋にひきこもった。目を閉じると布団の表面にびっしりと目が浮かぶ想像をして、恐ろしさで気が狂いそうだった。

「もう二度と覗きはやらない、だから助けてくれ！」


「目目連《もくもくれん》って妖怪がいてねえ」

胡洞が笑いながら教えてくれた。

「壁に耳あり障子に目あり。たくさんの目で人を見るだけの妖怪よぅ。地蔵さんは都会の妖怪を保護してくださっているから、その中の一体に監視を頼んだって言ってたわあ」

炎真は七階の自室でソファに寝転がり、胡洞の持ってきたヒロタのシュークリームを次々と口の中に放り込んでいる。

開いた窓から夜風に乗って三階の子供たちの声が切れ切れに聞こえる。

わあっと笑い声も上ってきた。

「篁さん、最近は毎日保育園に通ってるんですって?」

胡洞が窓から身を乗り出し、三階を見下ろす。

「ああ。犬に見せるために習得した手品は、子供たちに見せるようにバリエーションも増やしたらしい」

炎真も笑いながら答えた。

「あらあら、すっかり地蔵さんに使われているじゃない」

胡洞はティーカップを持ち上げて、炎真に向かって片目を瞑《つぶ》る。

「シュークリームと子供の歓声はなんだか似てるな」

炎真は手についたクリームをなめて、独り言《ご》ちる。甘いカスタードクリームが舌先でとろけて、口の中が幸せでいっぱいになった。

赤江楓子は引っ越した後も相変わらずスーパーの仕事で忙しい。

だが、最近は一緒に引っ越し先を探してくれた佐藤がいろいろと手伝ってくれるようになった。休日には悟も含めて三人ででかけることもある。

佐藤は自宅で広告用のアニメーションなどを制作している人間だったので、悟が部屋に一人でいるときも面倒を見てくれる。

楓子は手間がかかるからという理由で短くしていた髪を最近伸ばし始めている。佐藤が学生時代の写真を見てロングヘアーの楓子をかわいいと言ってくれたからだ。

第三話

えんま様、幽霊バーに行く

more busy 49 days
of Mr.Enma

序

　炎真は篁とジゾー・ビルヂング一階にある「サンシャイン」のドアを開けた。今日もホットサンドを昼食にするつもりだった。

「げっ」

　声を上げたのはカウンターに座っていたスピカだ。虫でも見るような目を向けてくる。だが、すでに注文を終えていたのか、しぶしぶ、という顔で席をひとつずれた。

　炎真と篁はスピカがずれて二つ空いた席に座った。

「今日のおすすめとジンジャーエール」

　炎真はメニューも見ずに注文する。篁も片手をあげた。

「あ、僕はハムチーズと卵のホットサンドと珈琲《コーヒー》で」

「サンシャイン」のホットサンドは種類もたくさんあるが、炎真はたいてい「おすすめ」を頼む。メニューを見ていると迷って時間ばかりがたつためだ。

「あんたらってできてんの？」

炎真がオーダーしたあと、スピカは挨拶もせずに言った。

「あ？」

炎真は出された紙手拭きのビニールを裂いた。

「できてるってなにができてんだ」

「またまたぁ」

スピカはにやにやする。

「男二人で日がな一日ブラブラして。あんたらなにやってるわけ？」

炎真と篁は顔を見合わせる。篁は目を見開いてぶるぶると首を振った。

「――俺は休暇中だ。こいつは俺の秘書だからついてきている」

「ひしょお？　なに、あんた、どっかの会社のえらいさん？」

スピカは水の入ったグラスを両手で抱えてずずずとすすった。

「あのですね、スピカさん。僕と炎真さんは、その、仕事仲間ですよ」

篁が炎真の隣から身を乗り出して訴えるように言う。だがスピカはそんな篁をちらっと一瞥《いちべつ》しただけで、すぐ炎真の方に視線を向けた。

「だからなんの仕事よ」

「司法関係だ」

炎真は面倒臭そうに言う。

「シホウカンケイ？　なによそれ」

「ええっとですね、わかりやすく言うと裁判のことです」

篁がフォローするも、スピカの視線は炎真の方にしか向いていない。

「あー、ドラマとかでよくやってるヤツか。なに、弁護士とか？」

「まあそんなもんだ」

あからさまに適当に応える炎真に、篁がぱくぱくと口を開けたり閉じたりする。

「なんだよ」

「嘘はいけませんよ、エンマさま……」

篁が顔を寄せてひそひそと言う。炎真は肩をすくめただけだ。

「ねえ、イギアリーとかやってんの」

「異議を申し立てるやつはいるな」

「そんで、金づち持ってセイショしろ、とか言うんだろ」

「字を書いてどうすんだよ、静粛に、だ」

スピカと炎真はそのあともトンチンカンな会話を続けたが、ホットサンドが出てきてからは、いったん食べることに専念した。

スピカのホットサンドにはしんなりゆでたキャベツにリコッタチーズとツナをあわせたものが挟まれていた。汁気もあるため、「あちち」と言いながらすするようにして食べている。

炎真のおすすめホットサンドは卵とコーンを炒《いた》めてマヨネーズで和《あ》えた具。塩味と甘み、やわらかさとプチプチ感が絶妙だ。篁はもっとも定番のハムとチーズ、そしてスクランブルエッグを挟んだもので、初日にこれを食べてからほとんど変えない。

しばらくは三人の咀嚼《そしゃく》する音だけが店の中を満たしていたが、そのうちスピカが思い出したように言った。

「ゴールデン街に幽霊バーがあるんだって」

「なんだそれ」

「客にさ、ゴールデン街にしょっちゅう行ってるってのがいて、話してくれたんだ。とてもいい酒を出すそうなんだけど、二回目に行こうとするとどこだったが思い出せないって店。かと思うと酔っぱらって入った店がそこだったりするんだって。とにかく素面《しらふ》じゃ辿《たど》りつけないらしいんだ」

「ゴールデン街だってマップくらいあるだろう」

炎真はパンから零れ落ちたコーンを指先で摘まんで口に入れた。

「それが、そのマップには載ってないの。だから幽霊がやってる店なんじゃないかって」

スピカは炎真に額をくっつけるようにして小声で話す。その頬が少し赤くなっていることに炎真は気づかない。

「幽霊が酒出して会計してくれるのか？」

炎真は鼻先で笑った。スピカは馬鹿にされたと感じたのか、唇を突き出して不満そうな顔になる。

「あんたたち、けっこうゴールデン街で飯食ってるみたいだから、教えてあげたのに」

「酒を飲む幽霊はけっこう昔から話にもなってますが、酒を出す幽霊っていうのはあまり聞かないですねえ……」

篁は思い出そうとするように空《くう》に目を向けたが、やがて諦めて首を振った。

「とにかく飲んでるときは全然普通の店らしいんだよ」

スピカはホットサンドの最後のひとカケを口に放り込むと、「じゃ、ごちそーさまー」と店を出て行ってしまった。

「おい」

「はい？」

顔をあげた篁に、炎真は親指を立てて背後を指さす。

「ごちそーさまーだとよ。たかられたぞ、俺たち」

「はあ、流れるように自然でしたね、おみごとです」

篁が微笑んでガラス戸の向こうに消えるスピカを見送った。

「感心してる場合か」

一

「まさにそれでござんすよ、お願いしようと思っていたのは」

部屋に来た地蔵に幽霊バーの話をしてみると、打てば響くという感じで身を乗り出されてしまった。地蔵は伊勢丹で買ったというロールケーキの箱をさっと炎真に差し出す。

「手間が省けました。炎真さんにはぜひその幽霊バーに行っていただきたいんで」

炎真はケーキの箱を受け取ると、すぐに蓋を開け、透明なセロファンをはがした。

篁がいそいそとチェストの引き出しからプラスチックのフォークを持ってくる。

「ほんとに幽霊が店をやってるのか」

「まさか」

地蔵はたもとを押さえて手を振った。

「店をやっているのは胡洞さんのお仲間でござんす」

「妖怪が？」

約七センチほどにぶつぎりにしたロールケーキを、炎真は一口で口に入れた。

「胡洞さんから相談を持ち掛けられてましてね、どうしようかと思っていたのでちょうどよかった」

「――なにがちょうどよかっただ、俺はな」

ロールケーキを飲み込んでから炎真が文句を言う。

「休暇中ですよねえ。でもお二人がさんざん飲み食いしているお金は誰が出していると思っているんです？」

「地獄の会計じゃないのか」

地蔵はバサリと袂《たもと》を振って腕を組む。

「私のポケットマネーでござんすよ」

「おまえ、不動産で儲《もう》けてんだろ、気にするな」

「この令和の日本で金を稼ぐということがどれほどむずかしいことなのか、一度きちんとお話しさせていただいた方がよござんすねえ」

地蔵は炎真の手からロールケーキを奪い返そうとした。そうはさせまいと炎真が抱えこむ。

「エ、エンマさま！　地蔵さまを怒らせないでください！」

篁が慌てて炎真にすがりつく。炎真はその篁の額を片手で押し返した。

「いや、ここんとこははっきりさせておかないとな。大体、俺は人間を裁く閻魔だぞ。妖怪は範疇《はんちゅう》外だ」

地蔵はロールケーキを抱えた炎真の肘を軽く下から突き上げた。

「あれっ？」

しっかり持っていたはずがあっさりと外され、ケーキは地蔵の手に移る。

「その妖怪を困らせているのが人間であっても、ですか？　しかもただの人間じゃござんせん。人間の、幽霊なんですよ」

「なんだって？」


「そうなの、人間の幽霊に取り憑かれて困ってんのよぅ」

胡洞は今夜も豪勢な縦ロールを頭からぶらさげていた。肩から翻るのは紫陽花《あじさい》の花が染められた派手な羽織だ。花にあわせたのか、下の着物は浅葱色のひとえで案外大人しい。更紗《さらさ》の角帯を前に結んでしゃなりしゃなりと歩いていく。

「妖怪が人間の幽霊に取り憑かれるたあ、どういうことだ」

「それがねえ」

炎真と篁の前に立ち、胡洞は宵闇のゴールデン街の中で振り向いた。ネオンや電光看板の光で二〇時を過ぎても路地自体は明るい。

「これから行くバーはアタシの古いなじみがやってんの。まあ妖怪のやるバーだから、あんまりおおっぴらに流行っても困るのよぅ。だからちょぃと小細工をして、探すと見つからない、っていう結界を張ってあるの」

「店の登記はどうなってるんだ」

炎真の言葉に胡洞は眼鏡の中の目を大きくして首を振った。

「そんなのないわよぅ。大体、そいつらは昔からそこに棲んでたのよ？　なのにあとから人間が勝手に宿場や街にしてビル建てたんだもの。却《かえ》って土地代を払ってほしいくらいよぉ」

胡洞はゴールデン街の路地をうろうろと何度も往復した。今夜も大勢の人間が路地を埋め尽くし、何度も肩をぶつけてしまう。

「ちょっと辿りつくのに手順がいるんでごめんなさいねえ。でもほら、やっと見えてきたわ」

胡洞は路地の上に置かれた白い電光看板を指さした。そこにはほっそりとした書体で「shien viverrin」と書かれている。

「シエ……？　なんて読むんだ？」

「シアン・ヴィヴェラン、よ。洒落《しゃれ》ているでしょ」

「どういう意味だ？」

胡洞は振り返るとにやりと笑った。

「あとで教えてあげるわ」

二

シアン・ヴィヴェランは五人も座ればいっぱいになるカウンターと、奥に丸い小さなテーブルがひとつあるだけの狭い店だった。

床も壁も板張りで、壁には大きなコルクボードが取り付けられている。そこには動物たちのモノクロ写真がたくさんピンでとめられていた。天井の照明は小さく、店の中全体がぼんやりと影に沈んでいる。

カウンターの内側には、ひげをたくわえ眼鏡をかけた丸顔の中年男性が一人、グラスを拭いていた。白いシャツを着ているが、折り返した袖から出ている腕はかなり毛深い。

「いらっしゃい……ああ、胡洞さんじゃないですか」

「こんばんはあ」

カウンターには二人ほど男が座っている。端と端なので知り合いというわけではなさそうだ。

「胡洞さんがどなたかと一緒なんてお珍しい」

マスターはひげの中で穏やかに笑う。誰もが安心するような笑顔だ。人を襲うような妖怪、というわけではなさそうだ。

「そうねぇ、しかもこの方たち自身がとてもお珍しい人たちなのよぅ」

「そうなんですか。いらっしゃい、ゆっくりしていってください」

マスターの挨拶に炎真はうなずき返した。カウンターに座っている男たちをさっと見て、篁に首を振る。

「まだ来ていないようだ」

呟いて、入り口から離れた左側に腰掛けている男の隣に座る。その横に篁、そして胡洞が腰を下ろした。

「今日はマスターの困りごとを解決しにきたのよぅ」

「私の困りごと、ですか」

「ほら、例の……」

「ああ、あの、」

　マスターは太い眉毛を下げる。困っている顔なのかもしれないが、あまりそうは見えなかった。

「あの方は、今夜はまだお見えになっていないんですが」

「来る時間は決まっているのか？」

　炎真は店の中を物珍しげに見回した。バーという体裁ならカウンターの中にずらりと酒瓶がならんでいるのが一般的だが、この店にはそれがない。メニューも見あたらないし、音楽がかかっているわけでもない。

　シンプル、とも言えるが一見《いちげん》の客はあまりに寂しい内装にすぐに引き返すかもしれない。それでも席に着く物好きだけが、この店の恩恵に与《あずか》れるようだ。

　何を頼もうか思いあぐねていると、胡洞が身を乗り出して説明してくれた。

「ここでは飲みたいものはなんでも出してくれるの。わからなければおまかせで頼むといいわよぅ」

　胡洞はそう言うと、「赤ワイン。ピノノワがいいわ」と注文した。

　マスターはうなずくと一度カウンターの中に沈んだ。顔を上げたときには右手に赤い液体をいれた美しいグラスを持っている。

指で持つだけでおれそうな細い脚《ステム》に、冬の吐息をガラスにしたかのような薄い薄いボウル、中で揺れる赤はかすかに紫の色を含ませた夕日のような色だった。

「ああ、美しいわねえ」

胡洞はきれいにマニキュアがされた指先で細い脚を持った。くるりと回し、香りを楽しむ。赤い唇が赤い液体に触れ、ゴクリと喉ぼとけが上下した。

「うーん、サイコー」

頰に手を当て、胡洞がうっとりと呟く。見ていた炎真はとりあえず「ビール」と言葉を放った。

マスターはまたカウンターの下に頭をいれる。やがてカウンターの上に載ったのは、広口のすっきりとした台形のタンブラーだった。きめ細かな泡の下の色はやや白濁のある太陽の色。

それを一口飲んだ炎真は少し驚いた。

「うまいな、これは。小麦の香りがすごい。あと、……果物か？　オレンジ……いや、グレープフルーツ……」

「ホワイトビールの神と言われるピエール・セリスが作ったセリス・ホワイトです。お気に召しましたか？」

マスターがにこにこする。炎真はゴクゴク飲み干すと、すぐに「おかわり」とタンブラーを置いた。スイーツはもちろん、酒も炎真の大好物だ。

「飲みやすくて物足りなかったですか？　二杯目はもう少し濃いめのものはいかがでしょう？」

「ああ、任せる」

言ったそばからグラスがカウンターの上に置かれた。今度は脚の短いチューリップ型のグラスだ。炎真はそれを持つとすぐに口をつけた。

「――うん、うまい！」

「ありがとうございます」

炎真のビールや胡洞のワインを見ていた篁は、少し迷っていたがやがて心を決めたように言った。

「僕はスパークリングを」

「甘めのものもお好きですか？」

マスターはちょっと首を傾《かし》げて篁に言った。

「はい、好きです」

「ではこれを」

マスターは三角のほっそりしたグラスに細かな泡が立っているものを出した。色合いはほんのり濁ったはちみつ色。

「あれ、これって」

一口飲んだ篁は驚いた顔でマスターを見る。

「ワイン……いや、日本酒？」

「はい、発泡日本酒です。幻の瀧柚子《たきゆず》スパークリング。最近人気があるんですよ、スターターとしていかがですか」

「へえ。ユズの酸味と甘みがいいですねえ」

なるほど、妖怪がやっているだけあって、客の好みの酒をなんでも出してくれるらしい。しかもその酒にあったグラスも一緒に。これはもう一度行きたい、どうしても探したい、となるだろう。

「つまみは自家製のナッツしかありませんが」

マスターは三人の前に木の葉を置き、そこに瓶からすくったナッツを山盛りにしてくれた。

「うん、こいつもいける。塩加減が絶妙だ」

炎真は木の実をぽいぽいと口に放り込んで奥歯でかみ砕いた。

「なかなかいいでしょ、しかもナッツは無料なのよ」

「そりゃいいな」

炎真の左隣にいた客が「ご馳走様《ちそうさま》」と言って席を離れると、まるで表で待っていたかのように新しい客が入ってくる。一人客が多く、最初はそっけない店内に少し気後れするようだが、カウンターに座って酒を口にすると、みんなが笑顔になる。

客たちは「また来るよ」とか「いい店だな」と嬉しそうだったが、このあと幻の店を求めてゴールデン街を彷徨《さまよ》うことになるのだろう。昔の歌のように探すのをやめたとき、ようやく、もう一度訪れることができるのだ。

客足が途切れた時、炎真の左隣にひっそりと、いつのまにか座っている男がいた。

彼だけはいつでも来たいときに来ることができる。この男こそが——。

三

「……こいつか」

炎真は男を見た。ごく普通のおとなしそうな中年男性だ。黒縁の眼鏡をかけ、ネクタイをきちんと結び、どこからどう見ても生きている人間に見える。

胡洞が席を立ってそっと入り口に行き、看板を中にいれた。このあと他の客を入らせないようにするためだ。

男はすでに酔っているように見えた。カウンターに視線を落としたまま「ビール」と注文する。マスターは頭を下にひっこめ、取り出したのはサッポロの赤星の瓶とグラス。

「ただ酒を飲ませたくないなら出さなきゃいいじゃねえか」

炎真があきれて言う。それにマスターは苦しげに笑った。

「注文されたら出すしかないんです。

なるほど、妖怪がバーを運営するにはひとつの約束があるわけだ。

男はコップにビールをつぎ、ぐいっと一息で飲んだ。

「──おい」

炎真は男がグラスを置くのを待ってから言った。

「おまえ、もう酔っぱらっているんだろ。そろそろ家に帰ったらどうだ」

「う、うるさい」

男はビール瓶に両手ですがりつく。

「家になんか帰りたくない……ほっといてくれ」

「いい歳こいて子供みたいなこと言うな」

「うるさい、ほっといてくれ！」

男は片手で炎真を払い、そのまますうっと消えてしまった。

「あーあ」

胡洞が呆れた声をあげる。

「逃げちゃったじゃないのよぅ」

「くそっ」

炎真はカウンターを拳で殴った。

「強引に迫るからですよ。相手は酔っ払いなんだからもっと甘やかすように、優しく言わないと。自分が死んでいることを理解してもらって穏やかにお連れしましょう」

責めるように言う篁の口にマカダミアナッツを指で弾き入れ黙らせる。炎真はカウンターの中のマスターに顔を向けた。

「あいつは一度消えるともう戻ってこないか？」

「いいえ、実は前にも同じことがあったんです。急に機嫌が悪くなって消えたことが。消えたんで安心していたら、しばらくしたら戻ってきてしまって……どうやらそのビールを一本空けるという自分ルールがあるみたいで」

「自分ルールな」

炎真は空の席を見た。赤星の瓶と半分はいったグラスが残っている。

「まあ酒飲みはけっこう自分ルールってもの持ってるわよねえ。カウンターの端に座るとか、箸袋は必ず畳むとか」

胡洞はワイングラスの縁を指でなぞりながら言った。

「ナッツは絶対ピーナッツから食べるとか、ありますね」

篁にも自分ルールがあるらしい。

「ワイングラスは回して使うとか、か」

「それは自分ルールじゃなくてワイン飲みの常識でしょう?」

炎真の言葉にすぐ胡洞がつっこんだ。

「あ? そうなのか? 癖かと思っていた」

そんな話をしているうちに、幽霊がまたすうっと席に戻った。炎真は他の二人の心配そうな視線を受け、ごほん、と空咳をする。

「よう」

炎真は再度声を掛けた。

「もうどこかで飲んできたのか、けっこういい色だな」

幽霊の男はちらっと炎真を見たが、黙ってビール瓶の中身をグラスに注いだ。

「今日は何曜日だっけな」

「……」

「飲んだあと家に帰るんだろ、どこまで帰るんだ? 徒歩か? 電車か?」

男の名前を知らないので死の記録は取り出せない。死んでいることはわかるが死因も不明だ。

「この店は初めてなんだろ、よく見つけたな」

男の姿がすうっと薄くなってゆく。完全に消える前にビールを一口飲んでいった。

「また逃げられたわぁ」

胡洞が笑う。

「なんでだ、優しく言ってるのに」

「しつこくてうっとうしかったのかもしれませんね」

「なんだとお？」

炎真は篁の胸倉を摑んだ。

「あのお、ちょっといいですか？」

マスターが片手をあげる。

「なんだ？」

「幽霊さん、そのビール、ちゃんと飲んでますよね」

指さしたのは幽霊が注文した赤星だ。確かに瓶の中身は少しずつ減っている。

「全部飲むと消えてしまってもうその日は出てきませんので、説得するなら瓶にビールが残っている間じゃないとだめですよ」

「……水を足しとけ」

「だめですよ！」「とんでもない！」「なに言ってんの！」

篁とマスターと胡洞が同時に怒鳴った。

三度《みたび》、幽霊が戻ってくる。グラスに残ったビールを飲み干し、瓶を傾ける。炎真はビールの残りに目をやった。

「二度あることは三度あるって言うわよねえ」

胡洞が指を組んで呟いた。

「三度目の正直という言葉もあります」

マスターが篁の前にメーカーズマークのソーダ割りを置きながら言う。

「石の上にも三年、とも言いますよね」

篁が神妙な顔で言うと胡洞が鼻にしわをよせた。

「それ、使いどころ違くない？」

「三杯目にはそっと出し、というのもありますね」

マスターが楽し気に追加する。

「うるせえぞ、おまえら」

炎真が怖い顔を向けた。

「閻魔の顔も三度まで、だ。今度こそ逃がさねえ」

ふっと短い息を吐くと、炎真は自分のビールをあおり、グラスを勢いよくカウンターに置いた。

「さっきからうるさくしてすまねえな」

幽霊の男は炎真に視線も向けず、無言でビール瓶を傾ける。

「おまえ、家に帰りたくないんだろ。なにかわけがあるのか？」

「ほっといてくれと言っただろう。赤の他人に話すようなことじゃない」

口をきいたということは会話する気があるということだ。炎真はカウンターに肘を乗せ、身を乗り出した。

「赤の他人だからいいんじゃないのか？」

下から男の顔を見上げる。相手はいやそうに顔をそむけた。年の頃は五〇代といったところか、オールバックにした髪の間から地肌が透けて見える。毎朝枕に毛髪が散らばっているタイプだろう。

「たまたまこのバーに入ってたまたま隣り合わせた。もう二度と会うこともないだろう。そんな相手に言ってしまったらどうだ？　おまえの中のもやもやを。バーで酒に紛らわせているよりすっきりするぞ」

「……」

男は手の中に握ったグラスをじっと見つめた。まるでその中に答えがあるかのように。琥珀《こはく》色の液体の中で泡が細かく上ってゆく。

「……帰りたくないんだ」

「うん」

「帰ると、待ってる」

「誰が」

男はコップをぐっとあおった。

「――娘のカレシが、だ！」

タアンと男は勢いよくグラスの底をカウンターに叩きつけた。

「はあ？」

「娘が……結婚する相手を連れてきてるんだ。つきあってることは知ってた、結婚の話が進んでることもだ。それが今日、挨拶にくるって言うんだ！　そんなの、帰れるわけないいじゃないか！」

開いた口がふさがらないとはこのことか、と炎真は思う。篁は隣でつっぷし、胡洞は横を向いて吹き出すのをこらえている。マスターだけは穏やかな同情した目つきで男を見つめていた。

「そんなことで……っ」

怒鳴ろうとした炎真の口を、あわてて篁が背後からふさぐ。

「だ、だめですよ！　エンマさま。相手を否定するようなこと言っちゃ。また消えてしまいます！」

「だけどよ！」

「この人にとっちゃ一大事なのよぉ、娘の結婚相手に会うっていうのは。それこそ地獄に行くよりおっかないことなんだわ」

　三人は頭を寄せてひそひそと言い合う。

「くそう……」

「励ましてあげましょうよ、エンマさま」

「そうよぅ、娘さんの結婚に前向きになれれば、ここでくだを巻いていることもなくなって成仏するわ」

　炎真は片手でガシガシと髪をかきまわした。

「あのよ、」

　もう一度男の方を向いてぎょっとする。男はぼたぼたとカウンターに涙を落としていたのだ。

「娘は……ずいぶん遅れてできて……俺も嫁ももう諦めてた頃にできて……妊娠がわかったとき、あいつは喜んだなあ……。それから生まれるまでほんとに俺たちは気をつけて気をつけて……」

　男はずずっと鼻水をすする。マスターがカウンターの下から鼻セレブという鼻に優しいティッシュ箱を取り出した。炎真はそれを受け取り、男に箱ごと渡す。

「……っ」

男はティッシュ箱に描かれているアザラシに見入った。

「生まれた娘はこんなまん丸な目で俺を見てさあ……。かわいくてかわいくて、俺はもう、この子のためなら死ぬほど働くって思ってさあ」

「いや、死ぬほど働いちゃいけませんよ」

炎真の横から篁が顔をだす。

「最近地獄に来る人の中にも増えましたからね、そういう人は地獄でも『納期が』とか『仕事が』とか大騒ぎです」

男は篁の言葉を聞いているのかいないのか、ティッシュを引っ張り出すと盛大に鼻をかんだ。

「小さい頃はかんの強い子で、夜中によく泣いたよ。俺もときどきはうるさいって怒鳴ったことがある。なんであのとき嫁と一緒にあやしてやらなかったのかな。たった一、二年のことなのに……娘をだっこできる時間なんて短いのに」

「そうよねえ、大きくなると娘ってお父さんに近寄らなくなるわよねえ」

胡洞がぐるぐると大きな縦ロールを指で回す。

「お父さんと一緒にお風呂入らなくなって、洗濯物も一緒に洗うなって言い出して」

「そうなんだよ」

　幽霊は拳で目をぬぐった。

「あんなにパパ、パパ言ってたのに、一緒に風呂に入ってたのは小学校の一年までだ。それからは俺も忙しくて夜遅くじゃないと帰れなくて……娘の顔なんて寝顔しか見てなかった。なんてもったいないことをしたんだ」

「だがそうやって働いて娘を大きくしたんだろう？」

　炎真が先を促すと、男は大きくうなずいた。

「そう、そうだ……娘は大きくなった。いつのまにか……中学になった頃はもう口もきいてくれなくて」

「切ないですねえ」

　篁が手を伸ばしてビール瓶をとり、グラスに注ごうとした。その腕を炎真は慌てて摑む。

「ばか。ビールを入れるな、減るだろうが」

「あ、そうでした」

　しかし、カウンターの上に置いた瓶は幽霊によって取られてグラスにたぷたぷと注がれる。

「それでも娘は俺を嫌っているわけじゃなかったんだ、ときたま話すこともあったし、新聞を渡してくれたり、コーヒーをいれてくれたり」

「ささやかな幸せねえ」

胡洞はグラスをくるくる回して香りを立ち上げる。

「娘がなにを考えているのかわからないまま高校、大学と進んで……就活のときはひどかった な。母親とも衝突してた。それまでは俺とは口をきかなくても、女房とは話していたのに」

幽霊は、しかし、懐かしむようなまなざしで空を見つめる。

「それでもなんとか就職できた。希望の会社じゃなかったようだが、がんばってた。そのころからまた俺とも話してくれるようになって……俺は娘がどんどんきれいになっていくのにびっくりだったよ」

ビール瓶の中身がかなり底に近づいてきている。空になる前に男の気持ちを変えなければならない。家に戻って娘のカレシに会ってもいいと思うように。

「その娘が結婚を考えているんだな」

炎真は静かに言った。びくっと男の指がグラスを握る。

「俺は娘とようやくわかりあえたと思ったんだ。どんなに娘のことが大切か、そりゃあ昔から思っていたけど、なんで今？　今、娘が俺から離れていくんだ？　なんで今なんだ……やっと、娘が俺と……」

幽霊の男は顔を伏せ、グラスに額をつけた。

「そうか、切ないな。最愛の娘が自分の手元から去っていくのは」

男はうんうんとうなずき、さらに下げた頭を深くする。炎真は男の背中に手を当て、優しく撫でた。

「……娘の名前は？」

「淳子《じゅんこ》……」

男は大切な宝物のようにその名を呟いた。

「おまえの名前は？」

「榎本《えのもと》……玲二《れいじ》……」

「榎本玲二、か」

炎真の声が深いものになる。

「玲二、思い出せ。おまえが自分の女房と結婚したときのことを。おまえも今の自分と同じように、父親から娘を奪ったんだぞ」

「……」

榎本玲二は顔をあげ、ぼんやりとした目で炎真を見た。

「義父も今のおまえと同じように寂しく悲しくつらかっただろう。親は仕方がない。娘を持った男親は誰だってそうなんだ」

「お義父《とう》さん……」

四

榎本玲二は思い出していた。初めて義父の太一《たいち》に会ったときのことを。

最初に挨拶に行ったとき、太一は黙って部屋から出ていき、そのまま戻らなかったのだ。

妻の雅子《まさこ》とは職場恋愛だった。いつも朗らかに笑う雅子。彼女の笑顔をずっと見ていたいと思った。

職場には他にも雅子に気のある男がいた。彼らを出し抜き、出し抜かれ、何度か食事をともにし、少しずつ距離を縮めていった。

プロポーズしたのは最初のデートから一年もたってからだ。

雅子は両親に会ってほしいと言った。

靴をぴかぴかに磨き、クリーニングしたてのスーツで雅子の実家に行った。

雅子の実家は高知県だった。母親の良子《よしこ》は雅子によく似た笑顔のかわいい女性だったが、太一は神社の狛犬《こまいぬ》のような顔で怖かった。その顔がじっと自分に向いていて、玲二の話を聞くだけ聞いた後、ぷいっと消えてしまった。

雅子は気にしないで、と言ったけれど、父親の眼鏡に適《かな》わなかったのかとショックだった。その日の夜は駅前のホテルに泊まって……そうしたら真夜中、太一が訪ねてきたのだ。

義父は駅前の屋台に誘ってくれた。

「そこまで来たものやき」と彼は言ったが、家から駅までは「そこまで」という距離ではない。秋の夜も深く、駅前にもあまり人はいなかった。

二人で並んで座ったのはおでんの屋台だった。じゃこ天や赤いかまぼこが入った鶏《とり》ガラの匂いのする濃厚なおでん。腰を下ろしてから太一がしゃべった言葉は「じゃがいも」と「酒」だけだ。

玲二は緊張してビールばかり飲んでいたが、ちっとも酔えなかった。

やがて太一は大きく息をつくと、徳利《とっくり》をつまんで玲二に差し向けた。

「あ、す、すみません」

あわててお猪口《ちょこ》をもらって酒を受け取った。日本酒は得意ではなかったが、一息で飲んだ。

「娘を幸せにしとうせ」

太一はそう言った。玲二はむせたが必死に咳をこらえた。

「約束や」

「は、はい」

そう答えたとき、初めて義父の顔を見た気がした。狛犬のようだと思っていたその顔は泣きそうに歪んでいた。

幸せに……幸せに……。

だけど。

「われはようやったぜよ」

いつの間にか玲二の隣に中年の男性が座っていた。玲二とそう年が変わらないように思えた。マスターがその前に徳利と猪口を置く。

「お義父さん――」

「娘を幸せにしてくれちゅう。かわいい孫まで見せてくれちゅう」

四角い顔の強面《こわもて》の男は、猪口から熱い酒をすすった。

「でも、お義父さん」

今度顔を歪めるのは玲二の番だった。

「僕は、雅子と淳子を幸せにできなかった。これからっていうときに僕は、僕は」

どろり、と玲二の額から血が流れ落ちる。肩からだらりと下がった腕は妙な方向にねじれ、スーツは泥だらけで血が撥ねていた。玲二はカウンターに滴る血を、そして自分の姿を見おろした。

「僕は、そうだ、死んだんだ。帰り道、車に轢《ひ》かれて……」

「思い出したか？」

炎真はそう言うと玲二の額に手を伸ばした。指先が触れると血は消えて、腕もスーツも元に戻った。玲二は折れていた腕を持ち上げ、額を擦った。

「そうだった……」

玲二は呆然とカウンターを見つめた。その肩に義父は厚い手のひらを乗せ、ぽんぽんと叩いた。

「わしもな、途中で死んでしもうて女房には苦労をかけた。でもそれまでの時間を幸せでないとは言わせせん。われも二人を幸せにしたぜよ。今までずっと二人は幸せやった。これからは、娘も孫も自分で幸せになるがよ」

「お義父さん……」

雅子の父は義理の息子の手を握る。

「ありがとう、玲二くん。今までお疲《だ》れさま」

「迎えに来てくれたんですか？」

「そうちゃ。あっちで一緒に飲むやつがおらんで寂しかったんや。ばあさんはまだまだ元気なようやか」

太一は猪口を手にして赤ら顔で笑う。

「そうか……」

玲二はマスターを見た。マスターはうなずく。

「俺はずいぶん長い間この店でくだをまいていたんだな」

それから炎真を見た。

「あんたらも、俺を連れにきたのかい」

篁がぺこりと頭を下げ、胡洞が眼鏡のブリッジを押し上げる。

「まあそうだな。本当なら俺の仕事じゃないが……このうまい酒に釣られて引き受けた」

炎真はグラスをあげる。

「そうか、わかったよ。でも」

「でも？」

玲二はうつむいてカウンターの上を見つめた。

「淳子はちゃんと結婚できたのかな、俺が死んだせいで結婚できなかったりしたら……死んでも死にきれない」

「ああ、そりゃあ……」

炎真は言って胡洞に顔を向けた。

「おまえの出番だぜ、雲外鏡」

「えぇぇ？　アタシィ？」

「できるんだろ、過去も未来も見通せるなら」

胡洞が首を振ると縦ロールが大きく揺れる。

「そんなぁ、アタシの力は金儲けにしか使わないのよぅ」

「やかましい、その眼鏡、壊されたいか」

「いやあぁん！」

胡洞は炎真が伸ばしてきた手を避け、悲鳴をあげた。

「わかったわよぅ、やるわよ。えっと、榎本玲二さんね、娘さんは榎本淳子さん……」

胡洞は両手で眼鏡のつるを押さえながら目を閉じた。

「――ああ、大丈夫よ、ちゃんと結婚してるわ。結婚式は一年遅れたみたいだけど……」

「見せられねえか？」

「そうねえ」

胡洞は眼鏡の中で目を開けた。

「あなたたち、持ってるグラスの中を覗いてごらんなさい」

そう言われて死んでしまっている男たちは自分たちの器を見る。玲二のビールのグラスの中に、太一の猪口の中に、ぼんやりと風景が浮かび上がってきた。

「ああ、淳子だ！」

玲二が声をあげる。

「淳子……あ、赤ん坊が……お義父さん！　淳子が赤ん坊を抱いてますよ！」

「まっこと、赤ん坊や！」

白いウエディングドレスを着た花嫁が、レースのおくるみにくるんだかわいい赤ん坊を抱いている。赤ん坊は頭に花かざりのついた帽子もかぶっていた。

「一年過ぎた間にできちまったらしいな」

グラスを横から覗いていた炎真が呟く。

「じゃ、こ、これ、俺の孫か!?」

「わしのひ孫か！」

男二人は顔を見合わせ歓喜の表情を浮かべた。

「やった！」

「でかした！」

抱き合って互いの背中をバシバシ叩く。玲二の目に涙が浮かんでいた。

「よかった、よかったなあ、淳子……幸せに……幸せになれよ……」

涙が頬を一筋伝った。嬉しそうにほほ笑む玲二の姿がうっすらと消えてゆく。炎真が太一を見ると、彼も頭を下げながらその姿を消した。

「あ、お、お代！」

篁が叫んだ。

「お代をもらってませんよ。すみません、マスター結局また、ただ酒を飲まれてしまった」

「――いいんですよ」

カウンターの中のマスターはぐすっと鼻をすすって目をしばたたかせた。

「私だって娘を持つ父親の気持ちはわかりますから……ご祝儀ということにします」

「今までずいぶん飲まれたんだろうに、太っ腹だな」

「ええ、まあ腹の大きさには自信がありますよ」

マスターが笑う。

「なにせここはシアン・ヴィヴェランですから」

「そういえばシアン・ヴィヴェランってどういう意味なんですか？」

篁が聞くと胡洞は眼鏡の中でウインクした。

「フランス語で――たぬき、っていう意味よ」

終

あれから炎真たちも試してみたが、胡洞がいないとどうしてもシアン・ヴィヴェランに辿りつけない。化け狸《だぬき》のバーの法則は地獄の王をもってしても破れないらしい。

「思い切り酔っぱらったら店を見つけることができるかもな」

「やめてくださいよ、エンマさまを背負って帰るのは僕なんですから」

篁は急いで炎真の無謀な企《たくら》みを否定する。

「あのビール、うまかった」

「通販で買いますか」

「うーん……店で飲むのがいいんだがなあ」

ゴールデン街の路地をあっちに行きこっちに戻り、幻の店を探す。

江戸時代から宿場町として栄えた新宿だが、その昔は狸や狐《きつね》が跳ねまわる場所だった。鼠もイタチもアナグマも狸もいる新宿。妖怪もいる街。死者と生者がカウンターで酒を酌み交わすこともある。

さまざまなカオスを飲み込んで、今日も魔界都市新宿は色とりどりの灯《ともしび》の花を咲かせている。

第四話

えんま様の
〝Shall we ダンス?〞

more busy 49 days
of Mr.Enma

序

胡洞に身分証を探してもらえばいいのではないか、と提案したのは篁だ。

炎真が吉祥寺から地獄へ戻るときに紛失した財布、それにつけていた根付型の身分証。中身だけを持っていかれて財布も根付も捨てられているかもしれないが、万が一、現世の人間の手に渡っているとなにか影響があるかもしれない。

炎真も気にしていなかったわけではないが、探しようがないと半ば諦めていた。

しかし、過去や未来を見通し、ものの行方がわかる雲外鏡がそばにいるのだ、使わない手はない。

「無理よぉ」

胡洞は一笑に付した。

「アタシの能力は知っているものにしか使えないの。ものなら現物や写真を見て、人ならせめて名前を知らないと……その身分証の写真って撮ってないの？」

「ありません」

篁はがっかりした顔で言った。今日、炎真と篁は胡洞の店に来ていた。ジゾー・ビルヂングの二階にある骨董店・雲外堂《うんがいどう》。廊下に小さな赤い雪洞《ぼんぼり》が置いてあり、ドアに手書きの看板がぶらさがっているだけというそっけなさ。

しかし、それを開けると、薄暗い中に驚くほどたくさんの品物が置かれている。重なった箱や立てかけられた額、吊り下がった着物。瓶や紙で包まれたものがぎっしりと押し込まれた棚の群れ。椅子やテーブルが重なり、絶妙なバランスの塔を作っていた。

その奥で、胡洞は籐《とう》で編んだ大きな背もたれのある椅子に腰かけていた。炎真と篁は革張りのソファに腰を下ろして向きあっている。

胡洞の店は広かった。あきらかにジゾー・ビルヂングの間取りからはみ出している。奥の方は薄暗くはっきり見えないが、おそらく別な空間を繋げているのだろう。置いてあるものも普通の品物ではなさそうだ。足元にある陶器の獅子《しし》はコトコトと動き回り、鏡からは顔のない女が抜け出そうとしている。壁紙の花も開いたり閉じたりしていた。

「だめか。期待してたんだがな」

「警察には届けたのぅ？」

胡洞は紅色の煙管《キセル》をくわえ、ふうっと鼻から紫煙を吹き上げた。

「届けました。でも連絡がないってことは警察にも届いてないってことですよね」

「そうねえ、残念だけど」

胡洞は歩き回る獅子の置物を片手で捕まえ、それを棚の上に戻した。

「その身分証は根付の形をしてるんですって？　どんな根付なの？」

「それは……〝閻魔さま〟です」

「え？」

篁は親指と人差し指を五センチほど開いて言った。

「現世で一般的に知られている閻魔さま、そのミニチュア版です」


「おばあちゃん、元気？」

吉永琴音《よしながことね》は枕の上の小さな顔を見つめて声をかけた。祖母である遠藤瑛子《えんどうえいこ》の瞳は動かない。少し開いた唇からも声は出なかった。

「今日は少し血色がいいね、ほっぺつやつやしてるわよ」

琴音はふとんから出ている瑛子の手をとって優しく撫でる。右を十回、左を十回。このあと左右の足を五十回ずつ上下にさする。少しでもリンパの流れをよくしてむくんだ足を楽にするためだ。

琴音は三鷹《みたか》市にある老人病院に、週に一回祖母を見舞いに来る。反応がなくても、自分を認識しなくてもかまわない。幼い頃大好きだった祖母、長い髪をなびかせ黒いドレスを翻す彼女を子供心にかっこいいと思っていた。

中学に入った頃、父の転勤に伴い山梨に引っ越した。それ以来、祖母と会うことはなくなった。

有名なダンサーだった彼女は日本全国、いや世界が舞台だった。時折ニュースで見かけることはあったが、誇らしさと同時に田舎に閉じ込められている自分がみじめであえて情報を追うようなことはしなかった。

世界が違う、と母親も言っていた。いろんな男と浮名を流す祖母を、母は嫌悪していたようだった。

琴音は大学進学のため上京し、そのまま東京で就職した。祖母と距離は近くなったが会おうとは思わなかった。

祖母が倒れて入院したと聞いたのは二年前。勤めていた書店の雇用契約が更新されず、失職したときだった。このタイミングで見舞いに行くのも気が引けて、再就職できたら報告がてら行こうと決め――行けるようになったのは最近だ。なんとか正社員になろうとあがいてみたが、結局三〇歳を超えた今も派遣社員とバイトで食いつないでいる。

ベッドの上の祖母はまるで知らない人のようだった。長い髪は真っ白になり短く切られ性別も判然としない。いきいきとしていた大きな瞳は落ちくぼんで濁り、いつも紅をかかさなかった唇はひびわれ、皮がむけている。

老いは残酷だ。

女王のようだった祖母を枯れ木の魔女のように変えてしまう。

「そうだ、おばあちゃん。今日はおみやげがあるのよ」

琴音は祖母の足のマッサージを終え、ポケットに手をいれた。

「ほら、これ。閻魔さまのストラップ」

琴音は手で小さな人形をぶらさげてみせた。

「おばあちゃん、閻魔さま好きだものね。これ、同じ職場の子がくれたの。おばあちゃんが閻魔さまグッズ集めているって言ったら……」

そう言って琴音は祖母の手に人形を持たせた。

「根付だって。アンティークなのかな。その子もよくわからないって言ってたんだけど……」

「あら、アクセサリーですか?」

看護師が祖母の手にある根付を見て言った。

「あ、これ、祖母が集めている閻魔さまグッズです」

「まあ、また増えましたね、よかったですね、遠藤さん」

看護師の言う通り、祖母のベッドの周りには閻魔大王のぬいぐるみや人形がたくさん飾られていた。

「遠藤さんは昔エンマという有名なダンサーだったんですよね」

看護師に笑顔を向けられ琴音はうなずいた。

「ええ、その名前で舞台に立っていたんです。私も子供のとき、一度だけステージを見たことがあります。とてもきれいでかっこよかったです。たぶん、あの頃でもう六〇代だったとは思うんですけど」

「踊りをされている方はいつまでもお若いですものね。バレエでしたっけ」

「バレエともちょっと違いますね、創作舞踊っていうか、モダンバレエに近いのかな」

自分のことを話されていても祖母は無表情だ。耳は衰えていないと言われていたが、耳に音が入っても、それを言葉として認識しないのだろう。

「芸名がエンマだったので、閻魔さまグッズを集めだしたそうなんです。閻魔堂にもよくお参りに」

一度連れていってもらったことがある。どこのお堂か忘れたけれど、格子の向こうの赤い顔をした閻魔像が怖くて泣いたことだけは覚えている。髭もじゃで牙が生えていて大きな目がこちらを睨みつけていた。こんな怖い人がいる地獄には絶対に行きたくないと思った。

祖母は倒れるまで全国を回って踊っていた。六〇を過ぎてからは指導者として後進の育成を請われたようだが、祖母は自分のダンスは自分で墓場まで持っていくと言って教えなかったらしい。表舞台からは身を引き、個人のパーティや知り合いの店で踊るだけだったが、観たものはみんな惜しみない拍手を送った。

祖母の踊りは祖母が作る唯一無二のダンスだ。こうして倒れて心を封じ込めてしまえばもう誰も踊れない。

それを少し寂しいと琴音は思うが、反面、それでいいのかもしれないとも思う。祖母はダンスと一緒に、観た人の心に永遠に残るのだから。

（私もおばあちゃんのように一生をかけられる仕事がしたい）

派遣社員の傍ら、ずっと続けているのが小説の執筆だ。今まで何度か文学賞に応募し、落ち続けている。最近は小説投稿サイトに作品をあげ、少しずつ読者も増えてはいるが……。

（結局趣味の域でしかないのかもしれない。おばあちゃんのように自分のからだひとつで人を魅了する世界を作ることとなんて、私にはできない）

根付を持つ祖母の手をぎゅっと握る。

「ねえ、おばあちゃん。私また派遣の仕事の契約切られちゃった。今は百円ショップでバイトだよ……周りは若い子ばっかでさ、ちょっとキツいわ」

しわしわで柔らかく皮膚の伸びる指、染みが浮いて薄くなった手の甲。白っぽくなった爪。

「もう一度おばあちゃんのダンス、観たかったな……」

そう呟いたとき、祖母の指が少し動いた。ぎゅうっと手の中に根付を握りこんでゆく。

「おばあちゃん、それ気に入ってくれたの？　嬉しいわ」

琴音は気づかなかった。薄い膜が張ったような、動かない祖母の瞳にチカリと光が走ったことを。いや、それはただの日差しの反射だったのかもしれないが……。

一

新宿ゴールデン街に幽霊が現れる、と人々が噂を始めたのは梅雨の半ば頃だった。徐々に気温が高くなり、気の早い若者はタンクトップ一枚となって薄い胸をさらしていた。気象庁の予報では今年も猛暑らしいが、六月の終わりの今も、かなり暑い。

そのこもったゆるい熱気の中をダンサーがよぎる。黒く長い髪に黒いドレス。まるで蝶がひとひら舞うように人々の間をすりぬける。

それはまばたきほどの瞬間、振り向いたときにはもう消えている。

だから人々は彼女の顔を知らない。長い黒髪の先が鼻先で翻ったのを見るだけだ。

「誰もが見えているわけじゃないんだよ」

スピカは秘密を打ち明けるように炎真に顔を近づけて言う。「サンシャイン」のランチタイム、今日のおすすめホットサンドは分厚いベーコンとトマトソース。

「見たって人と一緒にいた人でも見えてなかったりするみたい」

スピカは頭のてっぺんで髪をゆわえ、シュシュで大きなお団子にしていた、頭をふるたびにそれがゆさゆさと揺れる。

「馬鹿馬鹿しい」

「ほんとなんだって！　夕方に出るらしいよ」

スピカが炎真とばかり話すので、篁は手持ちぶさたにアイスコーヒーをすすった。

「あたしも見てみたくてビルの外に他の子と出たんだけどさ、結局見る前に仕事はいっちゃったから」

「幽霊なんかいるわけないだろ」

炎真は基本幽霊否定派という態度をとっている。霊が見えるなどと知られてよけいな関心をもたれないためだ。

「けっこう大勢、見てるんだって！」

「幽霊だと見せかけたプロモーションという可能性もありますよ」

篁が思いつきを口にした。スピカはあからさまに不機嫌な視線を篁に向ける。

「なにそれ、つまんない。本物だからいいんじゃね？」

「霊というのはそんなおおっぴらに見えるものじゃないんですよ」

なだめるように言う篁に、スピカは炎真のからだごしに「いーっ」と歯をむき出して見せる。

「ビデオに撮られたり写真に写ったりする幽霊だっているよ。そういうのおおっぴらっていうんじゃないの？」

「だいたいそういうのは勘違いかフェイクですよ」

「ねえ、炎真ぁ、篁が口ごたえするよ、篁のくせに」

スピカは炎真の肩に腕をかけた。

「篁、いちいち相手にするな」

炎真は肩をゆすってスピカの腕を避けた。スピカは気にせず、再度炎真の肩に腕を乗せる。

「そうだよ、女の子の言うことはうんうんって聞いておかなきゃもてないよ」

「今更もてなくていいです。千年前にはモテモテでしたから」

「なにそれ、うけねー。千年前なんて恐竜がいた時代じゃない。あ、原始人にもててたの？」

「千年前は平安時代だし、恐竜と原始人は同時に存在しません！」

篁がむきになればなるだけ、スピカはしらけた顔になる。

「平安時代って江戸時代の前だっけ後だっけ」

スピカと篁が不毛な言い合いをしている途中で炎真のスマホが鳴った。着信音は地蔵が設定した「カントリーロード」。

「俺だ——ああ、今サンシャインでまさにそのことを話していたところだ」


炎真と篁が部屋に戻ると、地蔵が二人の見知らぬ人間と一緒に待っていた。一人はスーツ姿の小柄な女性で、もう一人は半袖アロハシャツの太った男性だ。

「鍵をかけておいたはずなんだがな」

「あなたと私の仲じゃやございませんか」

地蔵はにっこり笑って炎真に丸テーブルの椅子を勧め、スーツとアロハシャツにはソファを手で指した。

「炎真さん、こちら新宿区役所の鈴木《すずき》さんと、ゴールデン街の治安を守ろう会の会長、杉林《すぎばやし》さんです」

地蔵が紹介すると二人の人間はそろって頭をさげた。スーツの女性が鈴木でアロハシャツが杉林、二人は競い合うように名刺を差し出した。炎真が受け取らなかったので、篁が頭をぺこぺこさげて受け取る。

「炎真さんもご存じのように、今、四季の路に怪しげな噂がたっています。そのせいで、あのあたりがざわついておりまして」

「いやだぜ」

炎真は地蔵の言葉を最後まで聞かずにベッドの上に飛び乗った。

「いつ出るかわかんねえ幽霊を待ってあの世へ送れってんだろ。そういうのは俺の仕事じゃねえと何遍言えばわかるんだ」

「このところ続けて夕方には出ています。さほど待つ必要はござんせんよ」

地蔵はベッドのそばに立って言った。炎真はごろりと横になり地蔵に背を向ける。

「あの、地蔵さん」

区役所の鈴木が我慢できない、というふうにソファから立ち上がった。

「本当にこの方が四季の路で行われている違法行為を改善することがおできになるん

ですか？」

鈴木は一息で言った。炎真は首だけを向けて彼女をじろりと見る。

「おもしろいこと言うな。違法行為を改善？　電話じゃ幽霊退治って言ってなかったか、地蔵」

後半は地蔵に向けて言った。地蔵は張り付いたような笑みを浮かべ、

「役所的な言い回しですよ。幽霊退治などという項目に上の方が捺印《なついん》されるわけがございません」と答える。

「違法行為なあ？　聞いた話じゃ一瞬踊るような影が見えるだけだろ。別に悪さをしてるわけじゃねえ、ほっとけよ」

「四季の路は新宿区みどり土木部みどり公園課が管理している遊歩道です。許可のないパフォーマンスは禁止されています」

鈴木がきりっとした顔を上げる。小さなからだの熱量がスーツを通しても感じられた。

「幽霊に書類を書かせてはんこを押して提出しろっていうのか？」

炎真はからかうように言った。

「そうしたら許可するのか？」

「それは――こちらで審査、検討して……」

「いや、にいちゃん、そういうこっちゃねえんだよ」

アロハシャツの杉林が立ち上がった。髪は薄くなっているが、眉は獅子頭のようにふさふさとして黒い。酒を飲んだような赤い顔はおそらく地色だ。

「幽霊を見ようってんで観光客以外にも物見だかい連中がわさわさやってくんだ。しかもそういうのがゴールデン街にも入り込んでさ、飲み食いしないでうろうろするんで困ってんだよ、よそで買った食い物の袋や紙コップとかまき散らしてさ」

杉林は丸く突き出た腹が乗ったベルトを両手で引き上げた。

「おっさんは俺をうさんくさいとは思わないのか？　そいつに幽霊を退治できるやつがいるとか吹き込まれてきたんだろ」

「地蔵さんの言うことだからな」

杉林は地蔵を見て、それから炎真を正面から見た。

「地蔵さんが確かだ、と言うなら確かなんだろ。新宿《ジュク》で地蔵さんを知らないやつはモグリか素人だ。この手のことは何度も解決してもらっている。だから俺は地蔵さんを信じるよ」

炎真は寝転がったまままちらっと地蔵に目を向けた。地蔵はほほえんで両手のひらをあわせて杉林に頭をさげる。

「それでも幽霊目当てのやつらの何割かはゴールデン街に金を落としていくんじゃな

いのか」

「売り上げは逆に減ってるよ。混み合ってるってんで飲みの客が敬遠するんだ」

「自分たちの街だろ？　自分たちでどうにかしろよ」

「人間相手ならな、昔は地上げ屋とも闘ったもんだよ。火ィつけられて店焼かれて、でもその焼け跡で残った冷蔵庫だけで営業してたやつもいる。人間相手なら負けやしねえ、だが相手は幽霊だ」

杉林は薄くなっている自分の額をぴしゃりと叩いた。

「しかも踊ってるだけって言うんだろ、そんなやつを力ずくで追い出すなんてできねえよ。ゴールデン街ってのは、昔から芸人や女優も、それこそダンサーだって大勢飲みにきたし、育っていったところなんだ。もしかしたらそん中の一人かもしれねえ。できればいやな思いをしないで帰ってもらいたいんだ」

炎真は起きあがって杉林を見あげた。

「なかなか肝が据わった男だな。嫌いじゃないぜ、そういうの」

「……にいちゃん、あんたもしや、どこぞの組の御曹司かい？」

おそるおそる尋ねた杉林の言葉に、隣の鈴木の顔がこわばる。

「安心しろ、そういうのとは違うさ」

炎真は立ち上がり、腰に両手を当てた。

「わかったよ、おっさんの言葉が気に入った。それに俺もゴールデン街には毎晩世話になっているからな。幽霊をいくべきところに送ってやる」

「……」

杉林は炎真の顔をじっと見つめた。

「さっきは地蔵さんを信じると言ったが、なんだかにいちゃんなら本当になんとかしてくれそうな気がしてきたぜ」

「そうかい。それは信用してくれるってことか？」

「ああ、俺はゴールデン街で三〇年、人を見てきた。目は確かだ」

杉林は胸ポケットからカードを出した。

「これはゴールデン街の顔パス証だ。これでどの店でも飲み食いしてくれ」

「ほう、いいのかい」

炎真の双眸《そうぼう》がきらりと輝く。

「ああ、そのかわり穏便に頼むぜ。幽霊を怒らせて祟《たた》りなんてやめてくれよ」

「あの、こちらからも」

鈴木は足下のブリーフケースから封筒を取り出した。

「五万円分のデパートなどで使える商品券です」

表情は友好的とは言えない。目の前に異臭のもとでもあるような目つきで炎真を見ている。

「あ、領収書とかいりますか？」

炎真の代わりに受け取った篁が頭を下げながら聞く。それに鈴木は慌てたように首を振った。

「いえ、これはあくまでご内密に。うちの課長から個人的に出たものです」

「そうですか、わかりますよ。僕も昔は役所勤めでしたから。もっとも僕の頃は陰陽師に頼むのは公費でしたけれどね」

「は？」

炎真は杉林と鈴木に親指を立ててみせる。

「じゃあ今日の夕方から始めるぜ」

六月の日暮れは遅い。一八時をすぎても外はまだ明るかった。四季の路には帰宅する人々の他に、観光客や、これから飲食を楽しもうというもの、それとは別にカメラを構えた物好きたちがうろうろと歩き回っている。

「最近人が急に増えたなと思ってたんだ」

「普段に比べて三割増しってところでしょうか」

「歩きにくくてしょうがねえ。とっとと幽霊を捕まえて説教してやる」

炎真の言葉に篁は周囲を見回した。

「でも、こんなところで捕まえるのはちょっとまずいですね。見える人にはエンマさまが幽霊と話をしているとわかるし、見えない人にはただのあぶない人に見える」

「ああ、そうか。まあそんな長い時間はかけねえよ。記憶に残ったとしても一瞬だ」

炎真はパキリと指を鳴らした。

二人がいる場所は四季の路の途中の子供の像が立っている場所だ。駅を背にして右手の路地がゴールデン街G2通り。区役所通りから四季の路を通ってゴールデン街に入るには、この路地を使う以外に方法はない。

ゴールデン街の治安を守ろう会の会長が言うには、この場所が一番目撃されているらしい。

「さて、待ってみるか……」

さまざまな色や柄のモザイク状の石畳が敷かれている四季の路。四人も並べばいっぱいになる狭い遊歩道で、右はずっとゴールデン街の店の裏側、左は背の高い建物が並んでいる。その建物の中ほどに冷暖房設備の室外機がずらりと並んでいる様が、快適さを支える裏側を見せつけていた。

両側ともにささやかな植え込みがあり、ひょろひょろとした木々が植えられている。

ひと刷けひと刷け、色を重ねるように、空が暗くなり夜が降りてくる。夕日はビルにさえぎられて見えない。道に落ちていた影が広がって、やがてネオンが作る光に照らされる新しい影が生まれた。

その影の間を。

ひらりとひときわ黒い影がよぎる。

「出た」

炎真は寄りかかっていた像の柱から身を起こした。

長い黒髪、黒いドレス、つまさきは白い。なめらかに動く指の先は白い蝶のようだ。

驚いて振り向く人がいる。無関心に通り過ぎる人がいる。

見える人間と見えない人間の違いはなんだ?

ダンスを踊る女の幽霊はあっという間に消えた。

「エンマさま、また」

篁が炎真の腕を引く。振り向くと別な場所で踊る女がいた。

「こっちか」

だが、女の姿は炎真が駆け寄ると消えてしまう。

「くそ、こんなに速いと捕まえることもできねえぞ」

再び女が、今度はごく間近に現れた。

「おいっ！」

炎真は女の腕を掴もうとした。だがその手の先で女のからだはぱっと弾け飛び、たちまち黒い蝶になって消えてしまった。

「だめか……」

しばらく待ってみたがもう現れない。路を行く人々は途中で立ち止まっている炎真と篁を邪魔そうに見ながら避けて通った。

「あ、あの」

炎真に声を掛けてきたものがいた。五〇代くらいの白いシャツに黒いベスト、それに口ひげ、蝶ネクタイという、バーのカウンターにいそうな男だった。

「あ、あんた、今あの女に声をかけようとしてたか？」

「なんだ、おまえは」

男は右手でゴールデン街の通りを指さした。

「お、俺はそこで店をやってるものだ。あんた、今の女、見えたのか？」

「おまえも見えるんだな」

男は両手を腹の前で組み、ごくりと唾を飲んだ。

「あれは、――彼女は……エンマだ。エンマが戻ってきたんだ！」

「なんだって？」

　男は見た通りバーのマスターで山本《やまもと》と名乗った。炎真と篁は誘われて彼の店に入った。アールデコ風のクラシックな造りのバーで、カウンターの後ろにはウイスキーボトルが整然と並んでいる。

「エンマ、と言ったな？　それがあの女の名前なのか？」

「エンマは芸名だよ。本当は確か瑛子、だっけかな」

　マスターは壁に貼ってあるセピア色の写真を一枚外した。

「これがエンマだよ。二〇代の頃だ」

　そこには路上で踊る黒いドレスの女が写っていた。顔の輪郭ははっきりしないが、印象は確かに似ている。

「いつの写真なんだ？」

「赤線が廃止になってしばらくの頃かな、それまではよろめき横丁なんて言われた風俗目的の店ばかりでな、今みたいに飲食中心になったのが昭和六〇年代だ。その頃かな。俺の親父《おやじ》がエンマのファンで、撮らせてもらったと言ってた」

　炎真は写真を山本に返した。

「彼女が亡くなったのはいつかわかるか？」

山本は炎真の言葉に首を振った。

「エンマは三〇を過ぎると新宿からいなくなったって聞いてる。日本全国を踊って回って、外国にもよく行ってたらしい。俺がこの店を親父から継いだとき、一度だけ来てくれたことがある。その頃にはもう五〇を過ぎてたと思うけど、全然そうは見えなくて、踊り出したらこの写真そのものだった。……きれいだったなあ」

カウンターに入った山本は炎真と篁にウイスキーの水割りを出してくれた。

「ほら、水に墨をひとたらしするとふわって広がるだろ？　エンマのダンスはあんな感じなんだ。溶け込むというか、自然と一緒になるというか。今日、一瞬見たエンマはまさにそれだったな……あれは本当に幽霊なのかな」

四季の路の幽霊の正体がわかったと炎真は地蔵に報告した。新宿で長く不動産業をやっている地蔵は、さすがにダンサー・エンマのことを知っていた。

『エンマ、本名遠藤瑛子さん。死んだという話は聞いていませんでしたが、そうですか、亡くなられたのですねえ』

スマホの向こうで地蔵は長いため息をついた。

「とにかく消えるのが早い。とりつくしまもないって言うか……踊る足を止められたらいいんだが」

『地獄の大王が情けないことをおっしゃる』

地蔵に笑われて炎真はむっと唇を尖らせた。

「なんで踊っているのか理由がわかれば止める方法もあるだろう。司録と司命を呼んで記録を出させる」

炎真と篁はジグー・ビルヂング七階の部屋に戻っていた。通話を終えたとたん、待ち構えていたのか、かわいらしい金属音とともに二人の子供が現れる。

「お呼びとあれば、そく参上～」

「お待たせしませんわよぅ」

「まだ呼んでない」

炎真は部屋の中を物珍し気に歩き回る二人に言った。

「遠藤瑛子の記録を出せ」

「はいはーい」

「仰せのままにぃ」

二人は空中に手を伸ばしたが、いつもすぐに出てくる巻物はいつまでたっても現れない。

「どうしたんだ？」

「あれー？」

「あれあれぇ？」

司録と司命は顔を見合わせる。

「エンマさまー、この人まだ死んでませんー」

「あの世に来てらっしゃらないから、記録が出せませんわぁ。現世にいらっしゃるならお顔を確認しないとぉ」

「なんだと？」

二

琴音は勤務先に近い書店の雑誌コーナーで、文芸誌を一冊引き出した。今号には応募した投稿作の二次審査の結果が載っている。

一次にはたいてい残る。だが二次以降に進んだためしがない。けれど今回のは自信があった。書き上がったとき手応えがあった。

大賞とまではいかなくても、入選作として掲載してもらえないか。

甘い期待に身震いしながら賞のページを開く。しかし、今回も佳作止まりだった。入選した人たちの名前の下に年齢が書いてある。五人の入選者のうち四人が琴音より年下だった。二〇代、二〇代、一〇代、二〇代……。年上の人も琴音とそう変わらない。

書き続けるのも体力がいる。夢を見るにも資本力がいる。自分はいつまでやれるのだろう。

小説投稿サイトではやはりの異世界もので自分より若いと思われる人たちがぞくぞくとデビューしてゆく。琴音も異世界ものに挑戦してみたが、暗いムードのハイファンタジー設定がわざわいしたか、閲覧数は多くない。今までの現代恋愛ものを読んでくれていた人たちも、そちらは見ていないようだった。

琴音はため息をついて文芸誌を棚に戻した。

文学の世界で生きていきたいが、壁は高く、門は堅く、チャンスの鍵穴はかぎりなく小さかった。

ゴールデン街は四季の路で踊る幽霊の噂でもちきりだ。

「踊っているのはエンマだそうだ」

「あの伝説のダンサーか?」

「戦前から踊っていたっていう女だろ」

「もとはストリップ小屋にいたんだ。赤線が廃止されて三光町に流れてきて。でもエンマのダンスにほれ込んだアメリカ軍の将校が、彼女にバレエを習わせたんだと」

「俺、実物を見たことある。三〇年も前だったけど、年齢聞いて化け物だと思った」

カウンターの止まり木でおしゃべり烏《がらす》たちがやかましく騒ぐ。

「幽霊でもいいから見たいわ」

「お、おれ一瞬だけど見た、……見たと思う」

「なんであたしは見られないのかしら?」

見ることができる人間と、見えない人間。本人たちにも違いがわからない。

「霊感があるとか、ないとか」

「芸術的センスの問題じゃないの?」

「たんにエンマの好みだとか」

四季の路に集う人間はますます増えてゆく。

「このあいだ、石……なんとかってエライ賞を取った作家が来てたんだってよ」

「エンマは文壇バーの作家連中にかわいがってもらってたからな」

「逆だ。エンマが若い作家連中や売れない歌手を食わせてたんだ。エンマは芸術家のミューズだったんだよ」

「エンマはバーで飲んだ後、よく新宿駅の前で踊っていた。その姿を見て若い連中はインスピレーションをもらってたんだ……」

「バー山本」のカウンターに炎真はウイスキーグラスの底を叩きつけた。

「エンマエンマうるせえ！」

「仕方ないですよ、今このあたりで一番の話題なんですから」

篁は炎真をなだめ、マスターの山本にすみません、と頭をさげた。山本は穏やかなまなざしで首を振る。

「様をつけろよ、様を」

「怒るとこそこですか」

メーカーズマークのソーダ割りをもう一杯頼んだ篁は、炎真の手からグラスを離させた。

「今日も声をかけられなかったですね」

「消えるのが早すぎるんだ。それにあのダンス……うまくこっちのタイミングをずらしやがって」

チリリと小さな鈴の音がして、バーのドアが開いた。入ってきたのは女物の浴衣を男仕様で着ている胡洞だ。朝顔の葉に這っている大きなカタツムリの柄が目につく。

「わかったわよ、エンマ……遠藤瑛子さんの居場所」

胡洞はカウンターに座ると炎真に顔を寄せて囁いた。雲外鏡としての能力で瑛子を探し出してもらっていた。

「今は三鷹にいるみたい」

「近いな」

意外な地名に驚く。三鷹ならついこの間まで炎真が住んでいた場所だ。胡洞はマスターの山本にグレンフィディックのロックを頼んだ。

「病院に入院してるわ。あたりの様子からして老人病院ね。たぶん、もう先は長くない……」

「なるほど、魂が離れかけている状態か」

胡洞の前に背の低いグラスが、炎真の前に新しいアイリッシュウイスキーを注いだグラスが置かれる。

「三鷹に行くの？　本人に意識はないわよ、おそらく」

「そういう状態ならそうだろうな」

「ねえ、」

胡洞はカウンターの上の炎真の手に自分の手を重ねた。スパンコールのマニキュアを乗せた指は炎真より大きい。

「なんだよ」

炎真はさっと手を外す。

「このまま放っておきましょうよ」

「なんだと？」

胡洞は炎真に振られた手でグラスを摑んだ。軽く回すと華やかな甘い香りが立つ。

「さっきも言ったけど、エンマ……瑛子さんはじきに、はかなくなるわ。四季の路の彼女はろうそくが燃え尽きる前の最後の輝きみたいなものよ。きちんと亡くなれば自然に消えるんじゃないの」

「そうだろうな」

「で、でも待ってください。このまま魂が戻らず肉体が死んでしまうと結局幽霊になりますよ」

篁がグラスを握りしめて言う。

「まあそのときには死神がきちんと迎えにくるだろうが」

「だからさ、待ってあげてよ」

炎真は胡洞の白い顔を見上げた。眼鏡の奥の目が弱々しくそらされる。

「妖怪のくせに人間に同情しているのか?」

「人間なんかに同情はしないわ。アタシはただ美しいものが好きなの」

胡洞はグレンフィディックをコクリと飲んだ。グラスを離すと丸くけずった大きな氷がガラリと音をたてる。

「アタシも彼女のダンスを見たわ。すごくきれいだった。アタシたちの仲間には人間以上に美しいものはたくさんいるわ。でも人間だけなのよ、自分以上に美しくなったり強くなったりできるのは」

胡洞の言葉に篁もうなずいてグラスをあおった。

「わかります。おそらく美しさや強さ、いえ、賢さでもなんでもいい、そんな自分以上の力を出すために努力するのは人間しかいないんですよ。犬がどれだけ速く走っても、たぶん自分の限界を超えようとは思わない」

「妖怪は努力や鍛錬が好きじゃないからね。人の姿に近いものは頑張ったりしてるけど」

アタシみたいに、と胡洞は重なった縦ロールを肩に払う。

「犬に芸を教えるときでも頑張っているのは実は人間の方なんです。どんなふうに褒めたら繰り返してくれるか、どんな風に導けば言うことを聞いてくれるか」

「犬の話はもういい」

炎真は身を乗り出す篁を押しとどめ、ウイスキーをカッと喉の奥に流し込んだ。

「明日、もう一度試す。それでだめなら遠藤瑛子に会いに行く」


四季の路を行く人々の間をすり抜けるようにして、黒いドレスの女が踊る。あるものはそれを見て足を止め、あるものは気づかず行き過ぎる。路の端にへなへなと腰を下ろして見送るものもいる。

エンマの白い素足がモザイク状の石畳の上を楽し気に行き来する。その姿は昨日より、一昨日より、はっきりと力強くなっていた。

ビルの間から細く細く夕日が差し込む。ピンスポットで照らされるように、エンマの足元の石畳が、赤く染まる。その輪の中にエンマが踏み込む。

「遠藤瑛子！」

炎真は声をかけた。そばにより、進行方向を遮ろうとする。だがエンマは軽やかなステップで体を回転させ、それを避けた。

「……」

炎真は軽く息を吸い、同じステップを踏んだ。エンマの背と触れ合うほどの位置に自らの背を寄せ、同じ高さに腕を上げる。

「炎真さん、踊れるの?」

見ていた胡洞が驚いた顔で篁に聞いた。

「地獄の閻魔大王は歌舞音曲を嗜《たしな》んでらっしゃいます。このあいだからずっと瑛子さんのダンスのビデオやフィルムを観てらっしゃいましたし」

篁は瑛子と動きをあわせる炎真に目を細めた。

「あらあ、地獄の王様も努力家なのね」

「閻魔大王も元は人間ですから」

短い時間だが炎真は瑛子と同じフリで踊った。瑛子が見えているものは炎真が彼女とペアで踊り、見えていないものには炎真が一人で踊っているように見える。

瑛子がわずかに膝を曲げたとき、炎真はその細い腰に手を添えた。花束を投げるように瑛子の体が放り投げられる。回転しながら優雅に着地した瑛子は、いたずらっぽい笑みを浮かべて炎真を見つめた。

「ようやく俺を見てくれたな」

炎真が手を差し出す。瑛子はその手に自分の手を重ねた。

「おまえ、今の自分の状態をわかっているのか」

瑛子は答えず炎真の手を支えに右足を背後に高くあげた。

「本来のおまえの体は病院のベッドの上だ。魂だけが抜けだしてここにいる。こんなことを繰り返していると死んでしまうぞ」

(今までだって死んでるのと同じ)

瑛子の音のない声が炎真の頭の中に響いた。

(踊れないわたしは死者と同じ)

瑛子は炎真から手を離して高く跳躍した。炎真はそれを追って同じように跳んだ。

「おまえが死ねば悲しむ人間がいるだろう」

(あの子はもう一度わたしのダンスが見たいと言った。だからわたしは踊ってるの)

「あの子？　誰だ」

だが瑛子は――エンマの姿は黒いたんぽぽの綿毛が散るように消えてしまう。

「くそっ」

炎真は石畳を蹴った。見ていた観客から拍手が起こったが、もちろん応えずにゴールデン街に向かう。G2通りの入り口に「守ろう会」の杉林が立っていた。

「にいちゃん」

「おまえ、見えたのか？」

炎真が言うと杉林は何度もうなずいた。

「びっくりした。写真通りのエンマだった」

「ああ、悪いな。捕まえられなかった」

「いや……」

杉林は唇をもぐもぐと蠢かす。

「なんだか……このままでもいいかなって思うようになっちまった。エンマのダンスを見てたら、もっと見たいって思ってしまって」

「あいつは現世では異物だ」

炎真はきっぱりと言った。

「この世界の法則に則《のっと》っていない。それはだめなんだ。異物は必ずねじれを起こす。無理矢理はめこんだモザイクがいつかひずんで弾け飛ぶように、現世に歪んだ影響をもたらす。だから」

炎真はきれいに並んだ石畳が続く四季の路の彼方を見つめた。

「俺が連れて行く、彼女が逝くべき場所へ」

三

吉永琴音はパソコンの前でぼんやりと画面を見ていた。小説投稿サイトにＵＰした新しい小説がまったく読まれていない。今までは少なくとも一人くらいは読んでくれていたのに。

それに文芸誌に応募した作品がダメだったと自虐を込めて書いたコメントに、匿名で「今のレベルで応募なんて他の投稿者に失礼」と返信がついていた。なんでわざわざこんなことを書いてくるのか理解できない。そんなに私の作品はだめなのか。

母親からはメールで「そろそろ地元に戻ってこい」と言われた。はっきりとは言わないが、琴音が作家を目指していることに反対なのだ。

小学生のとき、お話を書く人になりたい、と言ったら「素敵な夢ね」と言ってくれた。でも「夢」なのだ。「現実」に仕事になるわけがないと思っている。

ダンサーという不安定な職業についた祖母を見てきた母親は、信用金庫に勤め、職場結婚をした。地に足のついた暮らしがなにより大切だといつも言っていた。作家になる夢を捨てきれずしがみついている娘には不安しかないのだろう。

琴音はサイトのアクセスカウンターを何度も更新した。しかしビューの数は増えはしない。

更新……更新……更新……更新……更新……更新……。

数字はゼロのままだった。

炎真と篁は地蔵の運転する車で三鷹の老人病院を訪ねた。胡洞が病院の名前まで特定してくれたので、それなら車を出しましょうと地蔵が請け合ってくれたのだ。

「地蔵、免許なんか持ってるのか」

「ええ、ゴールド免許ですよ」

地蔵はバックミラーの後ろから免許証を取りだして、助手席の炎真に見せる。

「見せて見せてー」

「見せてくださいましぃ」

背後から小さな手が伸びてきて、炎真の手の中の免許証を奪った。後部座席には篁と司録、司命が座っている。

「わあ、地蔵さま、おすましー」

「なんだか別の人みたいですわぁ」

免許証をのぞき込んだ司録と司命が騒ぐ。

「運転免許証ってどうしてこう三割ほどマイナスになるんでしょうか？　地蔵さまはもっとおきれいですよね」

篁も不思議そうに免許証を捻《ひね》り回す。

「それは現世の七不思議ですね。でも免許証は便利ですよ、ほぼこれ一枚で身分証明できますから」

甲州街道を西へまっすぐ、高層ビル群を置き去りにして都下へと進む。

「遠藤瑛子は〝あの子にダンスを見せるために踊っている〟と言った。〝あの子〟というのがわかればダンスを止めることができるかもしれない」

そのために司録司命に記録を出させる。生きている人間はこの二人が顔を確認しないと記録が出せないという面倒くさい手続きが必要だ。

「今度は瑛子さんが踊っている時に呼び出してくださいよー」

「そうですわぁ。司命たちだって舞は大好きですわぁ」

司録と司命が後部座席でくねくねとからだを揺らす。

「地獄ではエンマさまと、よく踊りますわぁ」

「エンマさま、三味線も弾いてくれますよねー」

騒ぎ出した子供たちを篁が押しとどめる。

「おとなしくして。地蔵さまの車ですよ」

地蔵は上北沢で甲州街道から四号新宿線にハンドルを切った。

「そういえば炎真さん、遠藤瑛子さんと踊ったんですってね」

「ついていくのがやっとだったがな」

「それは見たかった、今度は私も呼んでおくんなさい」

「司録もー」

「司命もねえ」

車は人見街道、吉祥寺を越え三鷹市に入り、さらに進む。やがて低い屋根の集まる市街地の中に、白く大きな建物が見えてきた。

「あれのようですね」

地蔵はハンドル横のナビを見ながら言う。

曇り空の下でその建物はうなだれた鳩《はと》のようにも見えた。


最近の病院は入院患者の病室を身内以外には教えない場合もあるということで、胡洞をせっつき病室番号まで探らせておいた。大人三人と子供二人は甘くて重いような独特の匂いがする廊下を歩いていった。

炎真たちは普通の服装だが、司録と司命は地獄から来たままの袖の長い着物のような衣装なので、一度ナースセンターで呼び止められてしまった。

それを子供バレエの衣装だと地蔵がごまかしてくれる。遠藤瑛子が元ダンサーだったことは知られていたようで、曖昧に納得してもらった。

遠藤瑛子は四人部屋に入っていた。カーテンに囲まれた廊下側のベッドで、瑛子は眠っていた。

踊っているときの面影などまったくない容貌だった。骨に直接皮膚が張り付いたような痩せ衰えた小さな顔、首や腕から細い管が何本も伸びている。布団の中に体があるのかどうかも判らないほど薄っぺらい。

篁は思わずといった風に目をそらし、地蔵はそっと顔を伏せた。

「遠藤瑛子、わかるか？　意識があるか？」

炎真は瑛子に顔を近づけた。しかし瑛子の閉じたまぶたは動かず、かすかな呼吸も乱れがなかった。

「お休みのようですね……」

篁が屍《しかばね》のように身動きひとつしない瑛子を見下ろして呟く。

「毎日あれだけ踊っていれば疲れもするだろうよ」

炎真は老女の骨ばった肩に手を置いて揺すった。

「おい、起きろ」

「無理はいけませんよ、炎真さん」

地蔵があわててその手を止める。

「あ、エンマさまですー」

「ほんとだ、たくさんありますわぁ」

場違いにはしゃいだ声があがった。司録と司命がベッド脇の棚を見て騒いでいる。

「あ、」

篁も目を丸くした。

「閻魔さまのぬいぐるみ?」

棚の上には現世で知られた、赤い顔に髭面の閻魔大王をかわいらしくデフォルメした人形が置いてあった。

「フィギュア、とかいうのもありますね。それに閻魔堂のお札も」

地蔵も興味深い目で並んでいる閻魔グッズを見る。

「やっぱり名前がエンマさんだからでしょうか」

「そうかもしれませんね。どうですか、炎真さん。ご贔屓《ひいき》らしいですよ」

「関係ねえ。俺は決めたことをするだけだ、司録、司命」

炎真は二人の子供の名を呼んだ。

「遠藤瑛子の記録をだせ」

「はーいー」

「仰せのままにぃ」

子供たちが手をあげる。たちまちその手の上に一本の巻物が現れた。

「遠藤瑛子さんの記録ですー」

受け取った炎真は巻物を広げる。ざっと見渡して記述をすくう。

「……あの子というのは孫のようだな」

「お孫さんがいるんですね」

篁が炎真の肩越しに巻物をのぞき込む。

「結婚が遅く子供は一人だ。その子は地方で暮らしている。だがその娘が生んだ瑛子の孫が東京にいて、最近見舞いにきているらしい」

「そのお孫さんにダンスを見せたいんですね」

なるほど、と篁は白い紙のような瑛子の顔を見つめた。

「だとしたらこの孫をゴールデン街に連れて行けばいいってことだ。ダンスを見せれば瑛子の望みは叶い、魂も落ち着く」

「でも、瑛子さんを見ることのできる人とできない人がいます。そのお孫さんが見ることができない人だったらどうしますか？」

篁の心配ももっともだ。四季の路でも瑛子の姿が見えるものは一割にも満たない。そして見える見えないの法則性はわかっていない。

「見えなければ俺が無理矢理にでも見せてやる。孫の名前もわかったから、あとは胡洞に働いてもらう」

「また胡洞さんにお願いするんでござんすか？　人使い……いえ、妖怪使いが荒いですよ」

今度は地蔵が難色を示す。それに炎真は当然だ、という顔をした。

「立ってるものは親でも使えと言うしな。まあ胡洞は金さえ払えば問題ないだろう。と、いうことでそっちは頼む」

「――」

地蔵は一度口を開けたが、何も言わずにそれを閉じた。

「そういえばさっきから気になっているんですが」

地蔵が横たわる瑛子に視線を向ける。

「どうもなにか妙な気配を感じるんでござんすよ……炎真さんはどうですかね」

「妙な気配？　なんだそりゃ」

「瑛子さんから人ならざるものの気配というか……、微量なんですが、地獄の匂いを感じるというか……まさか名前がエンマだからというわけではないと思うのですが」

「ばかなことを言いやがる。生きている人間から地獄の匂いなんて感じるわけが、」

炎真は途中で言葉を止めた。

「本当だ。かすかに匂う」

「ええ？」

篁は瑛子のベッドに身を乗り出してすんすんと鼻を蠢かした。

「あれ？　ほんとだ、なんでだろう？　どこから……」

炎真が無言で瑛子のからだにかかっているタオルケットをはぐ。

病院指定の縞《しま》のパジャマを着せられた、瑛子のやせ細ったからだがむき出しになった。こわばった両腕はからだの中央に寄せられ、ブカブカのパジャマのズボンに包まれた両膝の間には枕が挟まれている。この枕は関節の拘縮《こうしゅく》を予防しているもので、両膝がくっついてしまい広げられなくなるのを防ぐためのものだ。

手も握り込むのを避けるために包帯が巻かれている。その包帯を巻いた手の中に、瑛子はなにか握りしめていた。

「こいつか？」

瑛子の手に触れた炎真は、次の瞬間弾かれたように手を引っ込めた。

「これ、は」

炎真の指先が腫れたように赤くなっている。

「なんですか？」

「身分証だ」

炎真はぎりっと歯を鳴らした。

「え？」

「俺の、失くした根付だ」

「ま、まさか」

もっとよく見ようと篁が身を乗り出す。だが瑛子の手の中に握り込まれたそれの姿はわからない。

「なぜ遠藤瑛子が持っているのかわからないが、間違いない。こいつは俺の一部みたいなもんだから、これだけ近づけばわかる。そしてこいつは、今、俺を拒絶した」

「どういうことですか？」

「閻魔大王の身分証が、今は遠藤瑛子のものとして機能しているんですよ」

いつも穏やかな笑みを崩さない地蔵が珍しく厳しい顔をしている。

「四季の路に現れる瑛子さんの幽霊に力を与えていたのは、閻魔大王の身分証だったんですね。これをとりあげることは地獄の住人である我々にはむずかしい。なにせ地獄の閻魔庁でもっとも上位に位置する閻魔大王の一部ですから。炎真さんなら力ずくでということもできるでしょうが、その場合、瑛子さんのからだに負担をかけることになってしまう可能性があります」

「可能性だけならやってみるか？」

「可能性があるならやらないでください！」

炎真が手を伸ばそうとし、篁が顔色を変えてその腕を押さえる。

「現世の罪のないご婦人を傷つけることなんてできませんよ」

「あの、すみません」

カーテンを開けて看護師が顔を覗かせる。

「患者さんの周りで騒がないでください。それにお見舞いには人数が多すぎます」

「す、すみません」

篁が代表して謝る。

「おい、聞きたいことがある」

炎真は出て行こうとした看護師を捕まえて言った。

「遠藤瑛子が持っているアレはどうしたんだ。誰が渡した」

「アレって……ストラップですか？　あれはお孫さんの琴音さんがお見舞いに持っていらしたんですよ。瑛子さんがお好きな閻魔さまグッズだって言って」

「吉永琴音が？　そいつが拾って渡したのか」

「詳しくは知りませんよ、琴音さんは友達から貰ったって。琴音さんに聞いてみてください」

看護師は炎真の形相が恐ろしかったのか、逃げるように出て行った。

「炎真さんが吉祥寺で失くしたのを誰かが拾って、その誰かが琴音さんに渡したんでしょうね」

「それで閻魔さまグッズを集めているおばあさまのお土産に……」

「そして遠藤瑛子の夢と思いに力を貸しているというわけだ、くそ」

炎真は腹立たし気に棚にあるデフォルメ閻魔を摑んでぎゅうっと押しつぶした。

「とにかく孫娘を捕まえて四季の路に立たせるぞ。そしてさっさと身分証を回収する。新宿に戻るぞ、みんな」

炎真はカーテンをはね上げた。最後に肩越しに瑛子を振り返ったが、老女は静かに穏やかに……眠ったままだった。


新宿に戻る車の中、炎真のスマホが振動した。表示されたのは知らない番号だった。通話をオンにすると、女のかなきり声が響きわたった。

『え、炎真さんですか？　大変です、幽霊が現れた……みたいなんです！』

「ああ？　おまえ、だれだ？」

『鈴木です！　区役所の！　みどり公園課の！』

炎真は地蔵に紹介された区役所職員のうさんくさいものを見るような顔を思い出した。

「ああ、おまえか。何のようだ」

『だから、幽霊が踊ってるらしいんです、四季の路で！』

炎真は車窓から空を見た。曇ってはいるが明るい。

「まだ昼間だぜ？」

『だから連絡してるんじゃないですか、杉林さんの様子がおかしくなって、他にも何人も、四季の路で突っ立って動かないんです！』

鈴木はパニックを起こしているように悲鳴じみた声をあげている。

「おまえには見えないのか？」

『見えません！　杉林さんとゴールデン街で話していたら、急にエンマだって言ったきり、動かなくなって！　揺すっても大声で呼んでも反応なくて！　どうしたらいいんですか、病院につれていった方がいいんですか！』

炎真の脳裏に四季の路で踊る瑛子の姿が浮かんだ。それを見ることができる人々が動かなくなった？

「ひっぱたけ」

『はあっ!?』

「いいから杉林のおっさんのほっぺたひっぱたけ。それで戻らなきゃ救急車呼べ」

『ぼ、暴力は……できません、私』

鈴木は泣きそうな声で言う。こんな状況に遭遇したことはないのだろう。助けを求めてスマホにすがりついているのかもしれない。

「鈴木美奈子《みなこ》」

炎真は声に力を込めた。

「杉林の頬を叩け」

鈴木は黙り込んだ。それからパンッと小さな破裂音と、我に返ったらしい鈴木の謝りまくる声がスマホの向こうで聞こえた。

ややあって通話の相手の声が変わった。

『俺だ、炎真のにいちゃんか？』

「そうだ、戻ってきたか？」

『ああ、鈴木のねえちゃんのおかげだ。びっくりした、俺は今、森にいってたよ、信じられるか？』

杉林は大きなため息をついた。こちらにまで息が届きそうだ。

「森だと？」

『ああ、なんか深い山の中のおっきな木がたくさん立ってる森だよ。気持ちよかったなあ……そこでエンマが踊ってた』

炎真はスマホを耳に押し当てた。杉林の声が少し小さくなったからだ。

『……エンマの周りに一緒になって踊ってるような影も……俺も踊ってたような気が……』

「杉林！」

スマホの向こうで小さな悲鳴と鈴木が杉林を呼んでいる声が聞こえた。

『――もしもし、炎真さん！　鈴木です！　杉林さん倒れちゃいました！　他の人たちも倒れて――あ、また一人！』

「救急車呼んで全員回収しろ」

『は、はい』

炎真はスマホ画面をタップして通話を切った。

「ど、どうしたんですか」

篁が心配そうにスマホ画面をのぞき込む。

「遠藤瑛子が現れた。真っ昼間に」

「それって……」

「俺たちが行ったせいかどうかしらんが、瑛子の力が強くなっている。今まではダンスを見せるだけだったのが、世界を作り出しそこに人間を呼び寄せるようになった」

炎真は再びスマホの画面に向かい、数字を打ち込む。相手は胡洞だ。二回の呼び出しですぐに胡洞が出た。

『はぁい、炎真さん。どうしたのぅ』

「胡洞、遠藤瑛子が昼間から四季の路に現れた」

『知ってるわよぅ、アタシも今、四季の路にいるのよ、見ていたわぁ』

楽しげな胡洞の声の後ろで、救急車のサイレンが聞こえた。

「見ていた？　おまえはなんともないのか？」

『ええ、人間が何人か倒れたみたいだけど、アタシは無事。心配してくれるのぉ？　嬉しいわぁ』

胡洞はくすくす笑いながら答える。

「……遠藤瑛子は力を増している。すぐにどうにかしなくちゃなんねえ。孫の吉永琴音を探してほしい。人間なら名前だけでいけるんだろ」

『お孫さん？』

「瑛子は孫にダンスを見せたいんだ。琴音をつれてくればこの騒ぎも収まる」

『……』

通話の向こうで胡洞が沈黙する。

「胡洞？」

『――言ったわよねえ、アタシは儲けにならないことはしないってぇ』

「がめついこと言ってんじゃねえよ！」

「胡洞さん、協力費は私が払います、お願いいたしますよ」

地蔵が隣の運転席から声を上げた。炎真の言葉で胡洞がごねていることを察したのだろう。

『お金だけの問題じゃないわ。アタシはエンマのファンなの。あの美しいものを消すなんていやよ』

胡洞の声はもう笑っていない。いつもの間延びしたしゃべり方でもなかった。

「このままだと瑛子は人の道から外れる。美しいものを作り出す人間じゃなくなるんだ」

『どのみち、もう人としてのエンマは踊れないじゃないの、だったら人を外れてアタシたちの方へくればいいだけよ』

「ただ踊るだけならな」

炎真は重い声を出した。

「だが他の人間を引きずり込むことは許されない。そうなったら俺は彼女を妖怪として処断する。その場合、彼女が人として転生することはない。エンマとしての才能は二度と現世に現れない」

胡洞が息を呑む。

「おまえたちは何百年も待てるだろう。生身の彼女のダンスをもう一度見たくないか」

『アタシは……』

「美しいものが好きだと言ったな？　おまえに美へのプライドがあるなら俺に協力しろ」

今度は長い長い沈黙が続いた。通話中という表示がなければ切られたのかと思うくらいだ。

『……気に入らない』

やがて胡洞の悔しそうな声が聞こえてきた。

『偉そうに、なによ。地獄の王様たって、アタシたち妖怪には関係ないわよ！』

「胡洞」

『美しいものが好きよ。妖怪のくせに人間の作り出す美しいものが大好きなのよ、だから、エンマの舞をもう一度見るためなら何百年だって待つわよ。だけど気に入らない、言い方ってものがあるでしょう！』

だだっ子のような言葉に炎真は唇をゆるめた。スマホ画面にむかってゆっくりと、優しく言葉を紡ぐ。

「頼むよ、胡洞」

『……吉永琴音は中野に住んでいるわ。今は駅前の百円ショップで勤務中よ』

とっくに見つけていたのだろう、胡洞は琴音の情報を渡した。ふくれっつらをしている胡洞を想像して炎真は笑った。

「助かる」

後部座席で胡洞との会話を聞いていた司録と司命が顔を見合わせた。

「ずるーい。今、エンマさま、優しかったー」

「ねぇ？　司命たちにはいっつも命令するばっかなのにぃ」

「だから前から言っているでしょう、エンマさま。言い方ってものがあるって。胡洞さんにだって最初からちゃんとお願いしておけば」

わめきだす後部座席三人を無視して、炎真は地蔵に向かって言った。

「中野へ向かえ。俺は中央線で先に新宿に行く」

「電車、大丈夫ですか？」

地蔵がまっすぐ前を見たまま心配気に言う。

「大丈夫です、地蔵さま。僕がついてます」

篁が運転席の背もたれに両腕をかけた。

「スマホで新宿駅の地図もすぐに画面に出せるようにしてますし、東口あたりはもう何度も行ってますから」

「そうですか、では炎真さんをお願いしますね」

「はい」

司録と司命も一緒に行きたいと駄々をこねるかと思ったが、そこはさすがに空気を読んだらしい。「いってらっしゃい」「お気をつけてぇ」と声を揃えた。

四

新宿駅には東口と中央東口がある。そこさえ間違わなければ大丈夫、と念仏のように篁はなんども口にした。

歌舞伎町やゴールデン街を毎日歩いていたおかげで、新宿駅構内の人混みもなんとか通り抜けられた。それでも新宿三丁目出口という表示を見るまでは安心できなかった。

地上へ出て炎真と篁は大きく息をつく。

「なんとかダンジョンを脱出した気分だ」

「ほんとですね。あとはゴールデン街に向かうだけですよ」

どこか遠くで救急車のサイレンが鳴っている。炎真と篁は顔を見合わせた。篁が不安そうに空やビルを見回す。

「関係のないサイレン、ですよね？」

「急ごう」

新宿駅で総武線ホームにあがろうとしていた男が、急に体を揺らしたかと思うと、階段を転がり落ちた。後ろを歩いていた女子高生がそれに巻き込まれ、一緒に下まで落ちてしまった。

夕方からのパートにでかけるため、自宅で夕食の支度をしていた主婦が、包丁で小松菜を切っている最中に、そのまま台所で倒れた。手から離れた包丁は主婦の顔のすぐそばに落ちた。隣の部屋で遊んでいた三歳の娘は倒れた母親におずおずと近づき、その体をゆすった。返事がないことに娘は泣くことしかできなかった。

紀伊國屋書店の前の横断歩道を渡っていた青年が、つんのめるようにして道路に倒れた。車がクラクションを鳴らしたが青年は起きあがらなかった。歩道にいた何人かはスマホで倒れた青年を撮影した。助け起こすものはしばらく現れなかった。

「バー山本」で夕方の開店の準備をしていた店主は、カウンターの上に置いていた古い写真を手に取った。写っているのは黒いドレスの美しい女。山本の目から光が薄れぼんやりとした顔になる。

指の間から挟んでいた写真が落ち、カウンターを越えてスツールの下に消えた。山本はそれを確認する間もなく、カウンターの中に崩れ落ちた。肘が流しの上のグラスに当たり、グラスも山本のそばに落ち、粉々に割れた……。

ゴールデン街を目指す炎真の耳に、サイレンの音がいくつも重なって聞こえてくる。いやな予感に走るスピードをあげた。靖国通りを横切って四季の路に飛び込むと、異様な光景が現れた。

通りに大勢の人々がぼんやりと立ち尽くしているのだ。まるで生きた木々のように。邪魔だとばかりに押しのけると、人々はふらふらと倒れ込む。

「篁、人間たちを頼む!」

炎真は背後に声を投げた。

中央に向かって走ってゆくと周りの景色が変わっていく。電話で杉林が言ったように、深い森の景色が四季の路の石畳に重なって見えた。

足下は柔らかな苔《こけ》になり、右手のゴールデン街の店は木々に、左手の大きな建物は岩山のようになる。

　やがて中央の開けた広場に、踊る瑛子の姿が見えた。

　まるで森の女王のように、威厳に満ちた圧倒的な輝きを放って踊っている。この場を支配しているのは瑛子だった。

　彼女の周りには白い影たちが付き従い、ゆらゆらと蠢いている。

「山本？　それに杉林」

　炎真はその白い影の中に見知った顔を見つけた。彼らは魂だ。肉体から離れ、今は瑛子の虜《とりこ》となり、この世界を作る力となっている。

「やめろ、遠藤瑛子！」

　炎真は踊り続ける瑛子に叫んだ。だが瑛子は動きを止めない。つま先立ってぐるりと回る。

　くるりくるりくるりくるり……。

　瑛子が回るたびに白い影がその足下から生み出されていった。

　影たちは寄り添い、溶けあい、巨大な幕を作ろうとしている。瑛子はその中にこもろうというのか？　自分だけの夢の王国を作ろうというのか？

「くそっ！」

　足が動かない。蜘蛛の糸のように、菌糸のように、白い糸が足に絡みついている。

炎真は瑛子に近づくこともできなかった。

「ここはおまえの支配下だからな。異物は俺か」

瑛子は楽しげに、誇らしげに踊る。つま先が地面を蹴るたびに、背景ははっきりと実体を持ってゆく。今はもう、濃い緑の匂いも感じられた。

炎真はコキリと首を回すと両腕をあげた。瑛子の世界に介入するにはその一部になるしかない。

大きな鳥の羽ばたきのように腕を振り下ろした瞬間、足を封じていた糸が消えた。炎真はその場で跳躍し、瑛子のもとに着地する。

瑛子が誘うように小刻みなステップを踏む。炎真はそれを模倣した。瑛子が踊り、炎真がなぞる。背景となった白い影たちが称えるように輪を作った。

瑛子の満足げな瞳が炎真を捉える。炎真は頰に苦い笑みを浮かべた。

「遠藤瑛子……おまえはたいしたやつだよ。身分証の力を借りているとはいえ、この俺をここまでいいように扱うんだからな」

（ほめ言葉かしら）

瑛子は艶然と赤い唇で微笑んだ。

「そうだな」

炎真は瑛子に笑い返した。

「満足したかとは聞かない。おまえはいつまでも踊りたいんだろう」

（そうよ。わたしは踊りたい。ずっと、ずうぅっと）

「踊ればいいさ。だが、他人の命を使うのはだめだ。おまえはいつだって自分一人の足で踊っていた、違うか？」

炎真は瑛子の伸ばした腕に手を添わせ、細い腰を抱いた。

「おまえの夢から人々を解放しろ。おまえが夢を見るように、彼らには彼らの夢があるんだ」

瑛子の表情が少しだけ陰る。

（夢……わたしの夢……みんなの夢……）

「夢に生きたおまえならその大切さがわかるはずだ」

瑛子は祈るように両手を胸の前で組んだ。その腕が高く伸ばされる。

（夢……夢がなければ生きられない。ええ、わかるわ。知っている……）

瑛子は踊りながら白い影たちに触れていった。触れられた影の姿は消えてゆく。

徐々に風景も薄れてきた。現実の四季の路の姿が浮かびあがり、足下には石畳の感触も戻ってきた。

（わたしは……間違ったステップを踏んだのね）

ダンスをやめずに瑛子が呟く。

（踊ることが楽しくて……踏み外した……）

「わかってくれればいいんだ。それに――おまえがダンスを見せたかった人間が来たようだし」

霧が晴れるように幻視の森が消えると、四季の路の入り口に吉永琴音が立っていた。地蔵が彼女の勤務先へ行き、連れ出してきたのだ。

「おばあちゃん……」

琴音は踊る瑛子を見つめ、かすかに呟く。

「踊ってるの……おばあちゃん……」

瑛子は慈しみをこめたまなざしを孫に向ける。

（ええ、踊っているの。自分の足で、一人だけで）

「おばあちゃん、私……だめなの。おばあちゃんのように生きたいけど、才能がないの。誰も読んでくれない、誰も私を必要としてくれない。なにもかも、もう、止めてしまいたい」

涙を浮かべる琴音のそばに、瑛子は水辺の鳥のように立った。

（才能は花よ。耕して水をやって風に耐えてそしてようやく花開くのよ。おまえは生きているじゃない。耕して水をやれるのよ）

「夢を追いかけていいの？　夢を見て、それが果たされなくてもいいの？」

（わたしは追いかけた……追い求め続けた……それがいいのかわるいのか、決めるのは他人じゃない、自分自身よ）

「おばあちゃん！」

瑛子は軽やかにステップを踏み、炎真の側に舞い戻った。

（ねえ、わたしはまだ踊れるの？　夢から覚めても踊れるの？）

「踊れるさ。おまえはまた生まれ変わるだろう。見たこともない新しいステージで。どうだ？　ワクワクしないか」

（新しいステージ……）

ぱあっと瑛子の顔が輝く。まるでスポットライトがその顔を照らし出したかのように。

（すてきね。わたし、待つわ。新しいステージを待っている……）

瑛子の手が腕が肩が、ほろほろと光のつぶになって消えてゆく。長い髪も白い顔もまぶしい光になってゆく。

「おばあちゃん！」

立ち尽くす琴音が叫ぶ。瑛子は振り返らない。彼女は顔を空に向け、そのまま消えてしまった。

この日、あちこちで同時に倒れた人々は、搬入された病院で次々と目を覚ました。彼らはみな目を覚ましたことを残念がっていた。

「すごくいい夢を見ていたような気がする。ずっとその夢を見ていたかった」

「音のない音楽がずっと頭の中で鳴っているような」

「誰かとつながっていた。自分は世界の一部だった」

彼らはそう医者に告げた。医者の診断はどの救急病院でも「貧血」となった。

瑛子の姿が消えた後、地蔵が琴音と炎真たちをつれて三鷹の老人病院へ送ってくれた。琴音の携帯に病院から連絡が入っていた。瑛子の容態が急変したのだ。

自動ドアが開くのももどかしく、病院の入り口を通ると、顔なじみの看護師が駆け寄ってきた。

「吉永さん……気を落とさないでね」

病室に入ると普段よりさらに白い瑛子の顔があった。まっすぐに上を向き、苦しんだ様子はなかった。

「おばあちゃん……」

琴音は床に膝をつき、ベッドに頭を乗せて泣いた。

炎真は琴音を出迎えた看護師に聞いた。

「遠藤瑛子は小さな人形を手に持ってたはずだが、それはあるか？」

「人形、ですか？」

看護師は他の看護師にも聞いてくれたが、誰も瑛子が人形を持っていたとは認識していなかった。念のため手を見せてもらったが、やはり見つからない。

「……またなくなりましたね」

地蔵の口調は責めるようなものではなかったが、炎真は居心地悪く肩を動かした。

「あいつ、もしかして出歩いてんじゃねえのか？」

「まさか」

炎真大王をデフォルメした根付。たしかに足も作られているが。

「まあ、そのうちまたひょっこり出くわすだろう」

遠藤瑛子の病室から聞こえてくる吉永琴音のすすり泣きは止まない。

終

四季の路には今も瑛子の姿を求めて行き来する人間がいる。

瑛子を見たことがないもの、一度見て夢に取り込まれてしまったもの、さまざまだ。

夢に飲み込まれたものは目覚めてから無気力になっていたようだが、忙しく過ぎ去る現実の中でじょじょに自分を取り戻してゆくだろう。

「バー山本」も二日ほど店を閉めていたが、ようやくドアにOPENの札をさげ、灯りをつけた。

炎真と篁、そして胡洞がカウンターに並んでいる。

胡洞はグレンフィディックを舐《な》めながら「そういえばさあ」と呟いた。

「アタシ、たぶん、ずっと前にエンマに会ってるのよねえ。彼女のダンス——当時は舞と言われてたものを見てるのよ」

「そうなのか？」

炎真の今日のウイスキーは国産、竹鶴。もうこの国では生産が終了した熟成年数のものだ。それを生《き》のままで味わう。熟したフルーツの香りが鼻の奥に入り込む。しかしきつくなく柔らかい。その印象のままの甘さ……ほのかなピールの苦みが心地よい。

「最高傑作だな」と炎真はグラスの中に呟く。

「ずいぶん昔よお……えっと出雲《いずも》の阿国《おくに》って名前だったわ」

「出雲の阿国？　そりゃすごい」

胡洞はグラスをライトの光に当ててゆらゆらと揺らした。

「たぶんその前からずっとずっと踊っているのよ。それこそ人間たちが火を囲んでいたころからね。いやあねえ、人間って。業が深いわあ」

マスターの山本は聞こえているだろうが聞いていない振りをする。ウイスキーボトルを拭いて並べてレコードに針を落とす。

雨だれのようなピアノの音が、狭い室内を満たしていた。

チリンと鈴が音をたて、来客を知らせた。「守ろう会」の杉林が区役所の鈴木と一緒にやってきた。

「こちらで飲んでるって聞いてね」

スツールに腰を下ろした二人の前に山本が紙のコースターを置く。

「いらっしゃい」

「俺、ワイルドターキー七年ものね。鈴木ちゃんはどうする？」

杉林のスツールはその体重にギイイと掠れた悲鳴をあげる。

「アイラ島のものはありますか？」

「ありますよ。ラガヴーリンとか、ちょっと癖は強いですが」

山本は二人の前にそれぞれのグラスを置いた。

「山本さんと会ったよねえ、夢の中で」

杉林が山本に話しかける。山本は穏やかに微笑みながらグラスを拭いている。

「ずっと忘れないように繰り返し思い出すんだ。すごくいい夢だったから」

「夢は夢だ。起きているときに見るもんじゃねえぞ」

炎真が言うと杉林はぽりぽりと頰をかく。

「いい夢だったんだよお」

「ちょっとうらやましいです。私も杉林さんと一緒にいたのに、どうして見られなかったんでしょうか」

鈴木はグラスを揺らした。人によっては苦手な強いスモーキー香が彼女のグラスから広がってゆく。

「新宿愛が足りないんじゃないの？　新宿愛がさ」

「そうなんですかあ？　確かに私の出身は千葉ですけどぉ」

炎真はウイスキーグラスを傾けながら壁に貼ってある瑛子の写真を見る。

黒いドレス、長い黒髪、白い肌。

水中花のようにたおやかに、大地の苔のように力強く、梢《こずえ》の木漏れ日のように輝いていた瑛子——エンマのダンス。

何十年か何百年か、それよりももっと先か。きっと再び彼女の足はリズムを踏むだろう。

そのときが楽しみだ、と炎真は思う。


吉永琴音はパソコンを開いた。

しばらくなにも表示されていない画面を睨む。

やがて指がキーボードにのり、一文字ずつ音をたてた。

カタカタカタ、カタカタカタカタン。


わたしはエンマ。

踊るために生まれてきた。

琴音は瑛子の物語を綴《つづ》ろうと決めた。指先から美しい女の姿を生み出すのだ。

カタカタカタタ、タタン、タタタ。

ステップを踏むように、回るように、飛び跳ねるように。

一人きりで踊り続けた女の物語を書き上げよう。

自分のからだひとつで世界を作り上げた彼女のように、私もこの二本の腕で、一〇本の指で世界を築こう。

画面の中の白紙は広大で果てがない。

けれど一文字ずつ、一単語ずつ、一文ずつ。

埋めてゆこう。耕して、水を撒いて、いつかきっと花が咲く。

本書のプロフィール

本書は書き下ろしです。

小学館文庫

えんま様《さま》のもっと！忙《いそが》しい49日《にち》間《かん》
新《しん》宿《じゅく》発《はつ》地《じ》獄《ごく》行《ゆ》き

著者　霜月《しもつき》りつ

二〇二〇年四月十二日　初版第一刷発行

発行人　飯田昌宏
発行所　株式会社 小学館
〒一〇一-八〇〇一
東京都千代田区一ツ橋二-三-一
電話　編集〇三-三二三〇-五六一六
販売〇三-五二八一-三五五五
印刷所 ―――― 図書印刷株式会社

ISBN978-4-09-406759-0

浅草ばけもの甘味祓い
～兼業陰陽師だけれど、上司が最強の妖怪だった～
江本マシメサ
Mashimesa Emoto
小学館文庫